Muséum Littéraire.

LE LORD DE L'AMIRAUTÉ

PAR

ADRIEN ROBERT.

3

ÉDITION AUTORISÉE POUR LA BELGIQUE ET L'ÉTRANGER,
INTERDITE POUR LA FRANCE.

Bruxelles,
ALPHONSE LEBÈGUE, IMPRIMEUR-ÉDITEUR,
Rue du Jardin d'Idalie, 1,
Entrée par la rue Notre-Dame-aux-Neiges, 60.
ET CHEZ TOUS LES LIBRAIRES CORRESPONDANTS
DU ROYAUME ET DE L'ÉTRANGER.

LE LORD DE L'AMIRAUTÉ.

BRUXELLES,
ALPHONSE LEBÈGUE, IMPRIMEUR,
RUE DES JARDINS D'IDALIE, 1.

LE LORD

DE

L'AMIRAUTÉ

PAR

ADRIEN ROBERT.

3

Édition autorisée pour la Belgique et l'Étranger,
interdite pour la France.

BRUXELLES,
ALPH. LEBÈGUE, IMPRIMEUR-ÉDITEUR,
RUE DU JARDIN D'IDALIE, 1.

1856

I

Le lord de l'amirauté. (Suite.)

—

Après avoir échangé quelques mots à voix basse avec son fils, le lord fit signe aux matelots de s'approcher, et les ayant remerciés au nom de l'Angleterre de leur admirable dévouement, il continua ainsi :

— Maintenant, mes amis, que je n'ai plus de secrets pour vous, je vais vous dire ce qui se passe en ce moment à Charlestown et quelle conduite vous avez à suivre....

Le major Ralph qui, depuis l'affaire de la taverne des Oiseaux de Nuit, se défie de moi, a résolu de donner le commandement des batteries flottantes à un certain capitaine Pleydell... Ce misérable, qui n'a jamais commandé qu'à des tribus sauvages et féroces de peaux rouges, s'est fait dans la guerre du Canada une triste célébrité... c'est lui qui, ne voulant pas s'embarrasser de prisonniers et de blessés, massacrait impitoyablement les malheureux qui tombaient en son pouvoir...

— Et ce brigand deviendrait maître de l'existence de nos pauvres camarades! s'écria Christol avec rage.

— Non, car il ne faut pas qu'il arrive à Charlestown.

— Oh! soyez tranquille, milord, il n'arrivera pas.

— Le major n'a jamais vu Pleydell. Or, voici ce que nous ferons : je dois aller dans deux jours au-devant du capitaine; je m'arrêterai avec lui à la forge de Melbury qui sert également de relais de poste, vous vous emparerez là de ce misérable.

— Mais, dit Cleveland, comment ferons-nous pour nous rendre maîtres de ce force de Melbury?

— J'ai paré à tout; le propriétaire de cet établissement est un Anglais... un fidèle serviteur du roi Georges... il a congédié sur mon ordre tous les compagnons qu'il occupait : quatre de vos matelots transformés en forgerons suffiront pour ce coup de main.

Le capitaine en notre pouvoir, Cleveland prendra ses papiers et ses habits, et ira trouver le major à sa place.

— Mais, milord, le major me reconnaîtra tout de suite.

— Non, car Pleydell, que j'ai vu plusieurs fois, a le visage tatoué, ou, pour mieux dire, peint comme les Indiens; les traits s'effacent si complétement sous ces hideuses peintures, que lorsque vous aurez revêtu ce costume étrange, et que votre visage sera bariolé de noir, de rouge et de blanc, comme le sien, vos amis eux-mêmes ne pourront vous reconnaître.

Si je tente cette audacieuse comédie, c'est qu'il faut que nous connaissions les projets du major, et que d'ailleurs nous ne pouvons pas exposer les prisonniers des batteries à tomber sous la domination d'un autre Pleydell.

Au reste, vous ne jouerez pas longtemps ce personnage, Cleveland, car dans quelques jours l'amiral Parker sera en vue de Charlestown, et votre bateau de pêche nous conduira à bord de la flotte anglaise.

— Ah! nom d'un cabestan, s'écria Christol radieux, nous allons donc entendre ronfler le canon.

— Oui, dit le lord en souriant; et comme on commencera par bombarder l'île de Sullivan, je vous conseille, mon cher Cleveland, de prévenir le docteur Fergusson et sa nièce de se retirer le plus tôt possible à Charlestown où ils seront plus en sureté.

— Merci, milord ; mais je doute que miss Eva consente à abandonner son père dans un semblable moment.

— Il le faut cependant... vous allez retourner au phare de Sullivan, mon ami, et vous y attendrez les instructions que je vous ferai porter par Robinson.

Vous partirez demain pour Melbury, Christol, avec trois de vos hommes; les quatre autres vont monter à bord du bateau et s'embosser à la pointe sud de Schutes-Folly : en se rendant à Sullivan, Robinson montera à bord et ils recevront des ordres précis.

— Comptez sur nous, milord, dirent tous les matelots avec résolution.

— Un dernier mot, Cleveland... ne confiez plus rien de vos projets à votre ami Edgard.

— N'est-il donc pas notre ami? dit le corsaire stupéfait de cette recommandation.

— Edgard est toujours un noble cœur, un ami sincère et dévoué qui donnerait sa vie pour vous; mais son amour pour une misérable créature a failli vous perdre tous... Rosalia est la maîtresse et l'espionne du major Ralph... c'est elle qui vous a fait arrêter à l'Enfer des Oiseaux de Nuit... Cette femme est votre plus cruelle et votre plus redoutable ennemie...

— Oh! dit le corsaire avec force, je préviendrai Edgard.

— Non, fit Dunbar, il ne vous croirait pas, et vous n'auriez rien gagné à lui faire cet aveu...

Maintenant séparons-nous, dit-il en se levant, et que chacun fasse son devoir. Adieu, Cleveland, à bientôt mon enfant.

— Que Dieu vous garde, milord! dirent tous les matelots en reconduisant le lord jusqu'à la porte.

Dunbar serra une dernière fois son fils dans ses bras, et regagna l'arsenal comme le jour commençait à poindre.

Une heure après son départ, Christol et ses trois compagnons cheminaient gaiement sur la route de Melbury, et Cleveland montait à bord de la barque de pêche qui cinglait vers le phare de Sullivan.

II

Le testament.

—

Lorsque le corsaire aborda de nouveau dans l'île, il trouva Edgard dans un état désespéré.

Les épreuves terribles par lesquelles le jeune homme venait de passer avaient achevé de briser ses forces, la phthisie était arrivée à sa dernière période.

En apprenant les événements de la nuit, le hôtes de Sullivan éprouvèrent une joie véritable.

Mais, ainsi que Cleveland l'avait prévu, le capitaine Fergusson et le docteur refusèrent de s'éloigner. Pour n'être pas un poste militaire, la garde du phare de Sullivan n'en était pas moins une mission de confiance, et le brave capitaine ne pouvait se départir, au moment du danger, des fonctions qui lui avaient été confiées par l'amirauté.

Eva seule était retombée dans une sombre mélancolie. La pensée d'être bientôt séparée de Cleveland pour toujours, cette fois, lui brisait le cœur.

La pauvre enfant se surprenait à regretter les dangers de l'existence aventureuse du jeune capitaine.

Elle ne craignait pas d'avouer son amour pour le prisonnier blessé, pour le brave marin qui avait pris si généreusement sa défense à Louisbourg. Mais quand elle songeait que Cleveland était le fils de Georges Dunbar, un des lords de l'amirauté, qu'il pouvait hériter un jour de ce titre, s'il le reconnaissait pour son enfant, cette affection si pure et si sincère devenait un remords pour elle.

Ce changement subit ne pouvait échapper à Cleveland, dont l'amour concentré, mais profond et inaltérable, espérait un riant avenir, là où Eva ne voyait qu'une insurmontable barrière.

Le jeune corsaire chercha donc une occasion de se trouver seul avec elle pour connaître le motif de cette froideur qu'elle semblait affecter à son égard.

La vie tout intime que menaient les hôtes de Sullivan devait lui fournir bientôt cette occasion, qu'il appelait de tous ses vœux.

Un matin que le jeune commandant de *la Magicienne*, faisait une partie d'échecs avec le capitaine Fergusson, le docteur appela son frère pour une question de service intérieur.

Miss Eva, qui lisait auprès des deux joueurs, se leva vivement pour suivre son père.

Mais Cleveland la supplia si tendrement de rester, que, vaincue par ses prières, la jolie enfant reprit en rougissant la place qu'elle occupait.

— Miss, dit Cleveland d'une voix tremblante, en tirant le petit bracelet de velours de la fille du capitaine, quand vous m'avez donné ce souvenir, vous m'avez dit que ce serait un talisman, et je devais y croire, puisque quelques heures après je retrouvais une famille... Hélas! sa puissance ne devait pas être de longue durée, et ma joie allait être bientôt assombrie... Reprenez donc ce souvenir, miss, puisqu'il ne peut m'assurer le seul bien que j'envie à présent ... votre amitié, votre confiance.

Les joues de la jolie miss se colorèrent d'un léger incarnat, et ses grands yeux bleus se fixèrent avec bonté sur le corsaire.

— Je n'ai plus le droit de vous réclamer cet objet, mon ami; vous seriez un ingrat de vous en séparer maintenant, puisque vous lui attribuez le bonheur qui vous est arrivé.

— Mais qu'ai-je donc fait, miss, pour avoir démérité, en si peu de temps, de votre affection?

— Rien, et je vous jure, Cleveland, que mon estime et mon amour pour vous n'ont fait que grandir encore, quand j'ai appris votre conduite vis-à-vis de votre père.

Vous connaissez assez bien cependant la franchise de mon cœur, pour ne pas me faire l'injure de croire que je dissimulerais avec vous.

Non, Cleveland, je vous ai laissé lire au plus profond de mon âme, je vous ai avoué dans un seul mot tous les sentiments que je ressentais.

— Oui, s'écria Cleveland avec feu, en jetant une étoile lumineuse dans les ténèbres de ma vie, vous me releviez à mes propres yeux, vous me rendiez meilleur, car, pour me faire digne de cet amour, moi, pauvre enfant du hasard, sans nom et sans fortune, je comprenais que je devais faire des prodiges sur la route qui m'était tracée. Avant de vous connaître, miss, je n'avais jamais aimé. Jeté presque en naissant à bord d'un navire, mon enfance s'est écoulée au milieu de gens que le rude métier de la mer rendait insensibles ou indifférents... Plus tard, quand je fus en état d'apprécier la valeur des choses, je compris toute l'horreur de ma position, et c'est alors que, voulant me faire un nom, ce cœur, étranger à tout sentiment affectueux, se réfugia tout entier dans l'amour de la patrie.

Je suis devenu Cleveland le corsaire, un écumeur de mer qui, tant que le succès a couronné son audace, s'est étourdi avec le bruit de sa renommée... mais qui, une fois trahi par la fortune, et loin de son pays, de ses compagnons, dépouillé du prestige qui l'entourait, a senti le vide immense de son cœur, la solitude désolée de son âme.

Aimé de vous, miss, une existence nouvelle s'ouvrait à moi, et je me sentais capable d'accomplir de grandes et nobles actions.

— Eh bien, reprit Eva, que le nom que vous allez porter vous soutienne dans cette résolution, Cleveland, je ne dois plus être qu'une amie pour vous dans l'avenir.

Fils de ses œuvres, mon père n'aurait pas eu

le courage de blâmer la sympathie que devaient m'inspirer votre misère et votre abandon... Maintenant qu'il sait qui vous êtes, sa fierté se révolterait à la pensée d'une alliance que ses ennemis ne manqueraient pas de lui reprocher un jour comme une spéculation.

— Oh! miss, dit le jeune corsaire d'une voix douloureuse, vous placez au-dessus du bonheur, de l'avenir d'un honnête homme, l'opinion de misérables envieux.

— Non, Cleveland, car cette opinion sera partagée par tous ceux qui nous connaissent... il n'est pas jusqu'à Rosalia...

— Ne prononcez jamais le nom de cette femme, interrompit vivement le corsaire, elle n'est plus de votre famille.

Cleveland avoua alors à Eva ce que Dunbar lui avait déclaré au sujet de la jolie créole, confidence qui ne fit qu'augmenter la douleur de la pauvre enfant.

Au moment où le corsaire achevait cet aveu, Eva crut entendre comme un gémissement dans la chambre voisine, qui avait été donnée à Edgard; mais comme le jeune homme était sorti depuis le matin pour aller tirer des oiseaux de mer, elle n'attacha pas d'autre d'importance à ce fait.

Cleveland engagea la fille du capitaine à prévenir le plus tôt possible son oncle et son père de se tenir en garde contre les machinations ténébreuses de cette créature; et Eva, qui comprenait toute l'importance de cette recommandation, invita le corsaire à la suivre pour qu'il leur apprît tout de suite la réalité.

Les deux jeunes gens quittèrent donc le salon pour aller retrouver le capitaine et le docteur... Mais pendant que Cléveland et Eva les cherchaient dans les bâtiments de l'étage inférieur, les deux Fergusson, qui étaient montés à la lanterne du phare, redescendaient au salon.

— Tiens, vous voilà! mon cher Edgard, dit Fergusson en apercevant le jeune homme assis devant la table et jouant machinalement avec les pièces du jeu d'échec.

Edgard releva la tête pour leur répondre, et les deux frères furent frappés de l'altération de ses traits.

— Oui, dit-il en s'efforçant de sourire, je n'ai pas chassé bien longtemps, et je me reposais pendant que le capitaine jouait aux échecs avec Cleveland.

— Mais, dit Fergusson, où est-il donc?

— Miss Eva et lui viennent de sortir à l'instant

même, ils allaient au-devant de vous, capitaine.

— Mais qu'avez-vous donc, mon ami ? dit le docteur avec bonté, cette pâleur n'est pas ordinaire.

— Oh ! dit Edgard, c'est un mauvais rêve que j'ai fait, et son impression a été si terrible, que le réveil ne l'a pas encore complétement effacée. Mais laissons les rêves pour la réalité, docteur. Capitaine Fergusson, j'ai deux demandes à vous adresser.

— Lesquelles, mon cher Edgard ?

— La première, c'est de m'écouter avec attention pendant cinq minutes...

— Bien volontiers.

— La seconde...

Et comme Edgard hésitait :

— La seconde? répéta Fergusson.

— C'est de me promettre de rester calme et de ne pas trahir la confidence que je vais vous faire.

— Je vous le promets, dit le capitaine, moitié riant, moitié sérieux.

Edgard se rapprocha de la porte qu'il ferma avec soin, après s'être assuré que personne ne pouvait surprendre leur conversation.

— Nous vous écoutons, dit le capitaine en s'étendant dans un fauteuil, pendant que son frère s'asseyait à califourchon sur une chaise.

Il y eut un moment de silence, pendant lequel Edgard parut se recueillir.

— Capitaine, dit-il enfin avec une franchise enjouée, je sais quelle affection vous portez à votre enfant et quel prix vous attachez à son bonheur, et cela me décide à vous parler sans détour : Miss Eva aime quelqu'un, capitaine.

— Vous, Edgard? dit vivement le docteur.

— Non, non ami, un autre cent fois plus digne de cette affection... je ne devais être pour miss Eva qu'un ami dévoué, un frère, et je serai bien heureux si ce titre peut me permettre d'être aujourd'hui son avocat auprès de vous.

— Et cet autre, quel est-il? demanda le capitaine avec calme.

— Il se nomme Cleveland, dit Edgard, Cleveland Dunbar, car le lord de l'amirauté sera fier de reconnaître pour son enfant un aussi brave soldat.

— Ainsi, dit le capitaine avec amertume, il abusait de l'hospitalité que je lui donnais ici pour inspirer à ma fille des sentiments qui ne devaient avoir qu'un résultat malheureux pour tous!

— Oh! capitaine, s'écria Edgard avec feu, Cleveland était incapable d'une semblable déloyauté : sa reconnaissance et son estime ont été les seuls guides de son âme.

— La reconnaissance, reprit Fergusson, il ne nous en devait pas, nous ne faisions que nous acquitter envers lui de ce qu'il avait fait à Louisbourg. Quant à son estime, s'il en avait eu réellement pour Eva, il ne lui aurait jamais déclaré un amour qui ne pouvait être approuvé par moi.

— Ainsi, dit Edgard, c'est parce que Cleveland est Anglais, que vous le considérez comme indigne d'entrer dans votre famille?

— Non, mon ami, reprit le docteur, nous apprécions trop les nobles qualités du capitaine Cleveland pour attacher une importance exagérée à une semblable question. Mais le commandant de *la Magicienne* est un enfant naturel.

— Qui sera reconnu par lord Dunbar.

— Raison de plus pour qu'une union entre lui et ma fille soit impossible, dit simplement Fergusson Eva n'a pas de fortune; en consentant à ce mariage, j'aurais l'air de me faire payer des services que j'ai rendus à M. Cleveland.

— Et, dit Edgard, parce que votre orgueil ne veut pas se mettre au-dessus des préjugés absurdes de la société, vous ferez le malheur de votre enfant.

— Eva comprendra les scrupules de ma conscience et oubliera...

— C'est donc seulement parce que miss Eva n'a pas de dot à apporter à son mari, que vous repoussez le capitaine Cleveland?

— Oui. Il y a huit jours j'aurais peut-être hésité à refuser l'offre d'un aussi brave jeune homme que lui; les événements qui viennent de s'accomplir me dictent d'autres devoirs.

— C'est bien, capitaine, je vous connais assez pour savoir que votre résolution est irrévocable.

Mais par-la même raison qui fait que des événements nouveaux ont modifié vos appréciations, il se peut que j'accomplisse avant peu un acte qui amènera le résultat que je souhaite.

Je n'ai plus qu'une prière à vous adresser, capitaine : c'est de garder le plus profond silence sur l'aveu que je viens de vous faire.

Demain, le capitaine de *la Magicienne* quittera Sullivan pour toujours sans doute; qu'il ignore que le nom qu'il va porter est un obstacle à son bonheur.

— Je vous le jure, dit Fergusson, et je vous promets d'être aussi discret avec Eva.

— Merci, fit Edgard en leur tendant la main. Je vais vous paraître un étrange original, capitaine... Eh bien, le refus motivé que vous venez de formuler me rend aussi joyeux que si j'emportais votre consentement.

— Ah! par exemple, s'écria le docteur, voilà une énigme que je ne me chargerais pas de déchiffrer seul.

— Vraiment! la question est cependant fort simple, puisqu'elle se traduit par des chiffres... Pauvre, miss Eva doit renoncer à être heureuse avec Cleveland; riche, elle n'a qu'un mot à dire pour être sa femme...

— Eh bien?

— Eh bien, dit Edgard à voix basse, je ne connais pas de loi qui condamne cette bonne Eva à une pauvreté éternelle.

— Oh! fit le docteur en riant, en fait d'oncle d'Amérique, je ne connais que ce brave docteur Fergusson, qui est bien incapable de laisser à sa nièce une fortune si mince qu'elle soit.

— Rassurez-vous, docteur, ce n'est pas sur vos dollars que je compte.

— Et sur qui, diable, comptez-vous donc?

— Sur ma volonté d'abord, sur mon amitié ensuite, et beaucoup sur une certaine maison de campagne que je vais acheter et dans laquelle s'accompliront de grandes choses... vous verrez, docteur, vous verrez !

. . . .

Le lendemain, Robinson venait prévenir le jeune corsaire que ses compagnons l'attendaient à la forge de Melbury et qu'il n'avait pas une minute à perdre s'il voulait s'y trouver en même temps que le capitaine Pleydel.

— Je pars avec toi, dit Edgard lorsque Robinson se fut acquitté de sa mission.

— Mais c'est de la folie ! s'écria aussitôt le docteur.

— Tout ce que vous voudrez, dit Edgard, mais j'ai absolument besoin d'aller à Charlestown pour une affaire qui ne souffre aucun retard : ainsi, c'est prêcher dans le désert que de vouloir me convertir.

Quelques minutes avant de sauter dans le canot, Edgard s'enferma dans sa chambre et écrivit à la hâte les lignes suivantes :

« Moi, Edgard Ashburton, sain de corps et « d'esprit, j'institue, par le présent acte, miss « Eva Fergusson ma légataire universelle, n'ex- « ceptant de cette donation que les objets d'art,

« bijoux et meubles de prix dont j'ai disposé de
« mon vivant.

« EDGARD ASHBURTON. »

Et l'acte terminé, il le cacheta de quatre cachets, et redescendit au salon où l'attendaient ses amis.

— Tenez, docteur, dit-il en lui remettant le testament ; avec des gens comme mon très-honorable frère, on ne sait guère sur quoi compter; chargez-vous donc de cette lettre : si dans huit jours je ne suis pas venu vous la réclamer, ouvrez-la, et agissez selon les instructions qu'elle renferme.

— Soit..., dit Fergusson en prenant le testament.

Le capitaine, le docteur et Eva accompagnèrent les deux amis jusqu'au canot.

— Bon espoir, miss, dit Edgard en serrant une dernière fois la main de la jolie enfant, je crois que je viens de signer ce soir votre contrat de mariage.

III

La forge de Melbury.

—

Pendant la traversée de Sullivan à Charlestown, Cleveland chercha en vain à connaître le motif qui avait décidé Edgard à quitter ses amis.

Edgard lui donna de si mauvaises raisons que le corsaire comprit de suite qu'il n'en obtiendrait rien.

Les deux jeunes gens se serrèrent une dernière fois la main : Cleveland sauta sur un cheval et prit au galop la route de Melbury : Edgard rentra tout de suite à son hôtel.

Le capitaine de *la Magicienne* n'était plus qu'à deux milles environ de la forge lorsqu'il aperçut une chaise de poste qui suivait la même route que lui.

Cleveland eut aussitôt le pressentiment que cette voiture devait être celle que le major avait envoyée au capitaine Pleydel.

Le corsaire enfonça son chapeau sur ses yeux et dépassa au grand galop la chaise de poste, dans laquelle il reconnut le lord de l'amirauté et un personnage enveloppé dans un manteau de voyage.

Une demi-heure après, le cheval de Cleveland tombait de fatigue dans la cour de la forge de Melbury, et le jeune corsaire serrait dans ses bras Christol et ses trois compagnons qui, transformés en cyclopes, forgeaient avec rage une barre de fer qu'ils avaient peut-être la prétention de transformer en fers à cheval ou en serrures à secrets.

— Alerte, cria le corsaire, je précède le capitaine d'un quart d'heure à peine... tout est-il prêt?

— Tout, dit Christol; car lord Dunbar nous a déjà envoyé un courrier du dernier relais voici en trois mots, capitaine, le programme de la chose :

Le postillon va s'arrêter ici pour faire ferrer un de ses chevaux.

— Ensuite?

— Ensuite, le Pleydel, qui a cru devoir, en raison de sa présentation, se débarrasser de ses peintures et de ses verroteries de sauvage, est en costume d'officier.

— Diable! la transformation sera plus difficile.

— Et il porte sur lui une terrible paire de pistolets ; ce qui va probablement égayer la conversation que nous allons avoir avec lui.

— Est-ce tout? demanda Cleveland avec impatience.

— Dame! capitaine, à moins d'avoir un canon, dit naïvement le pilotin.

— Ce changement de costume m'inquiète.

— Oh! rassurez-vous, capitaine, dit un des matelots en posant le poing sur une grande caisse de bois placée sur un banc, maître Christol a tout prévu, et il a fourré dans cette cambuse portative une boutique de fripier au grand complet.

— Bien! dit le corsaire; deux d'entre vous vont monter au premier étage pour faire le guet sur la route. Christol, moi et Davis nous nous chargeons du Pleydel et de ses terribles pistolets.

Les deux matelots venaient à peine de quitter la forge, que la chaise de poste s'arrêta devant la porte.

Pleydel entra le premier en jurant comme un lansquenet ivre contre le postillon dont la négligence le forçait de s'arrêter en chemin.

Après avoir jeté un regard défiant autour de lui, il se décida à s'asseoir en face de la cheminée et à tisonner avec rage.

Le lord de l'amirauté, qui était resté sur la route pour donner ses instructions au postillon et presser l'ouvrier qui achevait de déferrer le cheval boiteux, entra à son tour et échangea un regard d'intelligence avec Cleveland et ses hommes.

Pleydel était un homme de trente-cinq à trente-huit ans, maigre et sec, les cheveux grisonnants, et portant d'énormes favoris roux... Il avait, sous une longue redingote à grand collet, un uniforme râpé d'officiers de grenadiers. Le capitaine étendit sur les chenets ses jambes maigres qui flottaient dans sa culotte de peau infiniment trop longue pour lui, et croisant ses bras sur sa poitrine, il fixa ses petits yeux noirs, ronds et brillants comme ceux d'un singe, sur le lord qui était venu s'asseoir près de lui.

Cleveland dit quelques mots à voix basse à Christol, et prenant une pipe à un râtelier, il la chargea lentement et s'approcha de la cheminée pour l'allumer.

— Hé ! l'ami, la fumée me gêne, dit brusquement Pleydel en le repoussant.

— Vraiment, dit le corsaire, en lui riant au nez.

— Hein ! drôle, qu'est-ce à dire? grommela le capitaine. Allez fumer dans la cour, si bon vous semble.

Cleveland jeta sa pipe sur le plancher, et se croisant les bras sur la poitrine :

— Hé ! l'ami, reprit-il en s'adressant à l'Américain, votre habit bleu me tire l'œil d'une façon désagréable, ne pourriez-vous pas l'ôter?

Pleydel pâlit affreusement, et sa main s'enfonça vivement dans sa poitrine pour y chercher un objet caché. Mais avant qu'il eût eu le temps de se lever, le corsaire lui appuyait sur le front le canon d'un pistolet.

— Si vous bougez, vous êtes mort, dit Cleveland.

— Misérable! s'écria le capitaine en grinçant des dents. A moi, Mogueith!

— A moi, mes amis! cria lord Dunbar d'une voix éclatante en se jetant sur lui.

Cinq minutes après, Pleydel était solidement attaché à l'une des enclumes de la forge, écumant de rage et injuriant avec fureur les marins qu'il traitait de bandits.

Christol s'approcha alors du capitaine et se mit à l'examiner avec la plus scrupuleuse attention.

Dunbar et Cleveland, assis devant la table, lisaient avidement les papiers que les marins avaient trouvés dans la poche de Pleydel. Christol, son examen terminé, avait ouvert sa boîte et étalé sur la table un assortiment complet de fioles, de pots, de perruques de différentes couleurs et d'habits militaires... une boutique de costumier.

Cela fait, il retroussa ses manches, et après avoir placé une chaise en face du prisonnier qui se démenait avec fureur en voyant ces étranges préparatifs, il invita Cleveland à s'asseoir; ce que le jeune corsaire fit avec la meilleure grâce du monde.

— Commençons par la tête, dit le pilotin en prenant sur la table une effroyable paire de favoris du plus beau roux et tâchons d'assortir nos couleurs le mieux que nous pourrons.

Et Christol, s'approchant du capitaine, plaça sa fausse barbe à côté de celle de l'Américain, pour mieux juger de la nuance.

Pleydel fit un mouvement pour le mordre.

— Tout beau, tout beau là, fit Christol; regardons, mais ne touchons pas...

Nous disons donc que les favoris vont à ravir...

Et le valet de chambre improvisé les colla avec de la gomme sur les joues du corsaire; au milieu des éclats de rire des matelots qui faisaient cercle autour d'eux.

— Canailles! hurla le capitaine en cherchant à se dégager.

— Monsieur Pleydel paraît violent et emporté. Passons au nez à présent... Ah! diable!

— Qu'as-tu donc? fit Cleveland en se retournant et en voyant l'embarras du brave garçon.

— Le nez m'embarrasse, je ne le cache pas. Le capitaine l'a si long et d'une nuance qui tire tellement sur la betterave, que je désespère d'arriver à une imitation passable.

Les yeux de Pleydel lançaient des éclairs.

— Ah! quel vilain nez vous avez là, monsieur! continua Christol goguenard en frottant le nez de son frère de lait avec une solution de brun rouge et de cochenille. Ce n'est pas tout à fait cela; mais comme on ne verra que la copie, l'original restant en notre possession, pour un capitaine d'occasion vous ne serez pas trop mal astiqué. Il ne me reste plus qu'à remercier M. Pleydel de l'obligeance qu'il a mise à nous prêter sa tête.

Il poussera bien la gracieuseté jusqu'au bout, en nous offrant maintenant son bel habit bleu et son joli gilet galonné... Nous lui laisserons sa charmante culotte de peau et ses bottes, s'il y tient... nous avons heureusement cet accessoire... Allons, messieurs, aidez l'homme de confiance de ce cher major Ralph à se débarrasser de son uniforme.

Eh bien, qu'en dites-vous? fit le pilotin triomphant, quand son commandant eut endossé l'habit dont on venait de dépouiller Pleydel.

Les matelots poussèrent un hourra en voyant l'incroyable ressemblance de leur capitaine avec l'Américain.

— Vivat! cria Christol en admirant son ouvrage. Seulement, marchez les genoux un peu plus en dedans; vous voyez bien que monsieur est horiblement cagneux.

Dunbar ramassa les papiers épars sur la table, les serra dans son portefeuille, et s'approcha du capitaine.

— Pardonnez-moi, mon cher Pleydel, dit-il, si nous agissons un peu sans façon avec vous; mais nous sommes étrangers, Anglais, comme vous pouvez le deviner. Ces messieurs auront pour vous les plus grands égards; mais je dois vous prévenir, cependant, que vous serez traité comme prisonnier de guerre et que, comme tel, vous serez fusillé à la première tentative d'évasion. La cave où l'on vous mettra est bien garnie de gin et de porter; vous pourrez vous y consoler de cette petite mésaventure qui n'aura pas, je l'espère, de suite plus désagréable pour vous. Conduisez le capitaine, Davis, et passez-lui autour de la jambe ce joli petit bracelet de fer dont vous scellerez la chaîne à la muraille jusqu'à nouvel ordre.

Les matelots jetèrent sur les épaules du capitaine une grosse vareuse de drap gris et l'entraînèrent dans la cave par la trappe que Christol venait de soulever.

— Maintenant, que la volonté de Dieu s'accomplisse, dit le lord en serrant son fils dans ses bras. Allons, Christol, à ton poste, mon brave!

— Je suis à vous, amiral, dit le joyeux compagnon en adossant une vieille livrée jaune cédrat et en enfonçant sur sa tête un chapeau galonné.

Le père et le fils s'élancèrent dans la chaise de poste, pendant que Christol se hissait sur le porteur.

— Où allons-nous, milord? demanda le pilotin en rendant la main aux chevaux.

— A Charlestown, dit Cleveland ; cinq dollars de guides pour toi si tu touches à l'arsenal avant dix heures.

— Holà! hu! mes cocottes, cria le marin en faisant claquer son fouet, il s'agit de se distinguer et de filer cinq nœuds à l'heure — avant tout.

Et la voiture partit au galop en soulevant un nuage de poussière.

IV

A face de tigre, museau de renard.

—

— Le capitaine Pleydel ! annonça le valet de chambre du major en ouvrant la porte du cabinet de travail.

— Ah ! bien, fit James en se levant et en secouant les cendres de sa pipe. Est-il seul ?

— M. Mogueith l'accompagne.

— Mogueith, c'est bien ! faites entrer.

Mogueith et Cleveland parurent aussitôt à la porte du cabinet, et après s'être fait mutuellement les honneurs pour entrer, le faux Pleydel, roide et gourmé comme un pantin mécanique, alla saluer humblement le major.

Ralph fixa un regard perçant sur Cleveland; mais le commandant de *la Magicienne* supporta ce regard sans pâlir et avec une admirable placidité.

— Je vous laisse, major, fit Mogueith en s'éloignant; au revoir, capitaine.

— Adieu, monsieur Mogueith, répondit Cleveland avec un accent guttural.

— Non, non, restez, Mogueith... j'aurai aussi besoin de vous... Veuillez vous asseoir, messieurs...

Le père et le fils s'assirent en face du major, qui venait de placer sur un guéridon une bouteille de madère et trois verres.

— Vous arrivez seulement, Pleydel?

— A l'instant même, major.

— Alors, vous voudrez bien accepter un verre de madère, pour noyer la poussière que vous avez avalée pendant la route.

— Volontiers, major; à votre santé et à votre gloire!

— Merci, messieurs.

Et James, après avoir vidé d'un trait un

grand verre de madère, s'étendit dans un fauteuil.

— Ah! je vous attendais avec impatience, capitaine.

— Une heure après avoir reçu l'ordre que vous m'adressiez, j'étais en route.

— Je vous sais bon gré de cet empressement... Détestez-vous toujours autant les Anglais, monsieur Pleydel?

— Toujours, major, et j'espère que vous ne tarderez pas à mettre cette assurance à l'épreuve.. Je hais les grandes phrases, moi, car on ne juge les gens que sur leurs œuvres. Offrez-moi l'occasion de vous montrer ce que je puis faire encore pour mon pays, et je crois que vous ne regretterez pas de m'avoir appelé à Charlestown.

— Allons, je vois que l'on ne m'avait pas trompé et que je puis avoir confiance en vous, dit Ashburthon, en frappant familièrement sur l'épaule du capitaine.

Cleveland s'inclina avec une gravité comique et se mit à caresser ses gros favoris roux avec un contentement parfait de lui-même.

— Ah! mon cher Pleydel, continua James en se renversant sur son fauteuil et en envoyant au plafond de longues bouffées de fumée, nous vivous dans un temps où l'on a besoin d'hommes d'élan et d'énergie pour lutter contre la trahison et l'astuce de ses ennemis.

Ces coquins d'Anglais sont comme des chats qui tombent du haut d'un toit dans la rue sans jamais se tuer... Chaque jour ils s'évadent un à un de nos pontons et semblent se jouer des sentinelles qu'ils égorgent ou jettent à la mer, comme cela est arrivé il y a quinze jours... Oh! vous aurez besoin de toute votre énergie et de toute votre intelligence pour arriver à faire quelque chose de ces drôles-là.

— J'en ferai des pendus ou des fusillés, dit Cleveland avec un accent étrange, et cela simplifiera singulièrement la question.

Ashburton regarda le faux Pleydel avec admiration, et sa figure se déridant tout à coup, un long éclat de rire s'épanouit sur ses lèvres.

— Bravo! mon cher, voilà un mot dont je vous sais bon gré. Mogueith, que j'aime et que j'estime comme un serviteur dévoué et actif, avait bien commencé en faisant fusiller un de ces chiens dans l'entre-pont de la batterie du nord, mais je le crois trop accessible à la pitié. Cela soit dit sans vous offenser, Mogueith; la mission que je vous réserve vous prouvera bientôt que la bonne opinion que j'ai de vous n'a fait que s'augmenter.

— Merci, major, dit Mogueith en se levant, je m'en rendrai digne.

— Ne me remerciez pas, mon cher Mogueith, dit Ralph en souriant sournoisement, je ne fais que vous rendre justice : or, voici ce que j'attends de vous.

Vous avez navigué assez longtemps pour commander un bâtiment, n'est-ce pas?

— Oui, major.

— Vous allez monter à bord de mon yacht de guerre et vous croiserez dans les eaux des batteries; je vous laisse libre de composer votre équipage comme il vous plaira.

Je sais de bonne source que des matelots anglais, qui se cachent en ce moment à Charlestown, doivent tenter de délivrer les prisonniers d'une de nos batteries flottantes... vous comprenez ce que vous aurez à faire dans le cas où quelque embarcation suspecte viendrait s'engager dans les passes.

— Je la coulerai bas, comme la yole de *la Magicienne*, dit simplement Mogueith.

— Vous me comprenez à merveille.

Quant à vous, capitaine Pleydel, avant de

vous charger de nos prisonniers, je vous réserve une autre mission.

— Parlez, major, je suis prêt.

— Vous allez vous rendre au phare de Sullivan, où vous recevrez dans trois jours un pli cacheté qui renfermera des instructions que vous remplirez fidèlement.

— Comptez sur moi, major, dit Cleveland en rougissant légèrement, car cette mission inattendue allait le rapprocher de nouveau de celle qu'il aimait.

Trois petits coups, frappés en ce moment derrière une des boiseries du cabinet, vinrent interrompre cette conversation.

Ralph se leva pour mettre fin à l'audience qu'il venait d'accorder.

Mogueith et Cleveland s'inclinèrent respectueusement et se hâtèrent de quitter de suite l'arsenal pour se consulter sur ce qu'ils avaient à faire.

Une fois seul, Ralph tira les verrous de la porte et alla ouvrir le panneau mobile par lequel nous avons déjà vu M. Scamp s'introduire dans le cabinet du gouverneur de Charlestown.

Une femme, la tête couverte d'une mantille noire, entra vivement.

Le lecteur a déjà reconnu Rosalia dans cette mystérieuse visiteuse.

— Vous ici, ma chère Rosalia! dit Ralph surpris.

— Oui, dit-elle en se débarrassant de son voile, car ce que j'avais à vous dire ne souffrait aucun retard.

— C'est donc une chose bien grave?

— Vous allez en juger : Edgard, qui avait subitement disparu de Charlestown, est de retour depuis hier.

— Ah! fit Ralph avec insouciance, et où se cache-t-il?

— Oh! il ne se cache pas : il est rentré fort tranquillement à son hôtel.

— Eh bien, continua Ralph toujours aussi impassible, je n'ai rien à dire à cela : Edgard est maître de ses actions.

— Ah! reprit Rosalia en s'accoudant sur le dossier du fauteuil que le major venait de quitter; il paraît que les menaces de M. Edgard ont eu le résultat qu'il en espérait : le major Ralph est brave à la condition que ses ennemis ne se défendront pas.

— Non, dit Ralph avec un sourire sinistre; mais quand mes alliés sont plus forts que moi, je préfère leur laisser toute la responsabilité... la phthisie s'est chargée de me débarrasser d'Edgard, et j'attends.

— Alors, dit Rosalia, vous êtes parfaitement certain d'hériter de la fortune de votre frère?

— Mais, fit le major en observant l'expression de raillerie qui se peignait sur le visage de Rosalia, Edgard n'a plus d'autres parents que moi, et la loi...

— Oh! du moment que vous invoquez la loi, je n'ai plus rien à vous dire, interrompit la créole. La loi n'admet pas qu'un frère qui a en main la preuve que son frère a cherché à le faire assassiner, soit assez dénaturé pour déshériter ce frère au profit de l'État.

— Voyons! Rosalia, fit le major inquiet, ne jouons pas avec de semblables questions... qu'as-tu donc appris pour venir me parler ainsi?

— Rien, je vous jure; seulement, comme je crois avoir le jugement droit et une certaine intuition de l'avenir, je puis voir les choses sous un autre point de vue que vous.

— Ainsi, dit Ralph après un silence, vous croyez qu'Edgard songerait à me déshériter?

— En vérité, mon cher Ralph, vous êtes par

trop naïf, s'écria l'espionne : que ne me demandez-vous s'il fait jour en ce moment!

— Eh bien! si Edgard est résolu à en agir ainsi, que puis-je faire à cela, moi? est-ce une réconciliation que vous venez me proposer?

— Non! Edgard est trop fin pour se laisser prendre à un piége aussi grossier; non, comme vous le disiez, major, si votre frère a pris une décision à votre égard, vous ne sauriez la modifier... Or, cette résolution, il l'a prise depuis longtemps; l'a-t-il exécutée? voilà la question intéressante pour vous.

— Comment le savoir?

— Ce n'est pas moi qui me chargerais de l'interroger à cet égard.

— Et cependant, miss Rosalia ne serait pas venue tout exprès pour se donner le plaisir de me montrer l'écueil sans apporter avec elle les moyens de l'éviter.

— Oh! vous me faites beaucoup trop d'honneur, dit-elle avec un sourire ironique; je venais tout simplement vous proposer une affaire...

— Excellente pour vous, n'est-ce pas?

— Meilleure encore pour le major Ralph Ashburton.

— Cela me rassure un peu... voyons! parlez, miss...

— Êtes-vous d'abord bien convaincu que l'héritage que vous espérez est plus que compromis?

— Hélas! votre logique est si serrée, que mes croyances naïves sont complétement évanouies.

— A combien estimez-vous la fortune de M. Edgard Ashburton?

— A près de cent soixante mille dollars de revenu.

— Je le croyais plus riche, dit la créole avec une petite moue dédaigneuse.

— Sans compter sa galerie de tableaux, ses objets d'art et ses bijoux qui représentent une valeur considérable.

— Laisons cela de côté... Voyons! major, si une personne s'engageait à vous faire hériter avant huit jours de cette fortune, seriez-vous assez *reconnaissante* pour partager cette fortune avec cette personne?

— Diable! s'écria le major, la personne dont vous parlez ferait une assez belle spéculation, 80,000 dollars de revenu.

— Plus, la moitié des objets que vous énumériez à l'instant, reprit Rosalia avec le même calme.

— Oh! je l'avais bien entendu ainsi! dit à son tour le major; et, continua-t-il en observant sa maîtresse, si je consentais à cet arrangement, quelle garantie exigerait la *personne* en question?

— Votre parole seulement, major, dit Rosalia avec une dignité affectée.

Une indescriptible expression d'étonnement se peignit sur le visage de Ralph Ashburton.

— Vraiment! dit-il.

— Oh! ne vous étonnez pas, major; celui ou celle qui vous offre ce partage peut se contenter d'un semblable engagement, ayant entre les mains certaines preuves qui remplaceraient, au besoin, un acte en bonne forme.

— Ah! dit Ralph, je m'explique alors la raison d'être de cette confiance qui m'honore...

Eh bien, mais, tout bien réfléchi, j'aime encore mieux vous assurer 80,000 dollars de revenu, ma chère Rosalia, et toucher la même somme, que de courir la chance dont vous me parliez tout d'abord.

— Alors c'est bien convenu? dit Rosalia en s'approchant de Ralph.

— Je vous en donne ma parole de soldat.

— C'est bien.

— A présent, ma chère amie, que vous n'avez plus de raisons de faire de la discrétion avec moi, j'espère que vous voudrez bien me dire ce que vous comptez faire.

—Très-volontiers. Je compte tout simplement aller au rendez-vous que M. Edgard Ashburton m'a suppliée de lui accorder pour cette nuit.

— Chez vous ?

— Non... chez lui, dans la petite maison de campagne qu'il vient d'acheter sur les bords de l'Ashley... une merveille, un paradis de Mahomet, dit-on !

— L'endroit est des plus galants : mais je ne comprends pas encore bien comment cette entrevue hâtera.... comment vous dirais-je...?

— Le malheur que la situation désespérée de M. Edgard peut faire prévoir... Je ne saurais vous l'expliquer, mon cher Ralph... seulement, il est probable que je trouverai là un souper somptueux, ou tout au moins un plateau de rafraîchissements...

— Ah ! je commence à croire que la chose est sérieuse, dit Ralph en arrêtant sur Rosalia un regard profond.

— Vous savez, dit-elle en jouant avec un petit flacon d'argent qu'elle venait de tirer de sa poche, que je ne puis répondre du passé.

— Que voulez-vous dire?

— Si Edgard a déjà pris toutes ses dispositions, si vous n'avez rien à en espérer, je n'aurai plus besoin de me souvenir que c'est vous qui m'avez fait présent de ce flacon.

— C'est parfaitement juste.

— A présent, mon cher Ralph, causons un peu de vos affaires... Perkins m'a dit que le capitaine Pleydel était arrivé.

— Je le quitte à l'instant : c'est Mogueith qui l'a conduit à l'arsenal.

— Et vous avez fait ce dont nous étions convenus?

— Oui, ma chère Rosalia... Mogueith a accepté avec joie le commandement de mon yacht : Pleydel doit se rendre de suite au phare de Sullivan.

— Allons! dit la créole en jetant de nouveau sa mantille sur sa tête, tout va bien; et si je réussis, vous n'aurez plus rien à souhaiter.

— Non ! dit le major avec une énergie farouche, car je me serai vengé de ce traître de Mogueith et débarrassé à tout jamais de ces coquins de prisonniers, que j'exècre encore plus pour tous les ennuis qu'ils me causent que pour le mal qu'ils ont pu nous faire.

V

Le bûcher de Sardanapale.

—

Rainbow était le seul serviteur qu'Edgard eût amené à sa nouvelle habitation des bords de l'Ashley... et la nuit même où Rosalia allait venir au rendez-vous que lui avait donné le jeune homme, Rainbow repartait pour Charlestown, porteur d'un message chimérique.

Au moment où dix heures sonnaient, Edgard descendait dans le parc dont la grille était ouverte.

La créole ne se fit pas attendre longtemps...

Après avoir déposé un long et ardent baiser sur la main qu'elle lui tendait, Edgard se dirigea avec elle vers la maison silencieuse et solitaire.

Un escalier orné de fleurs et de statues inclinées comme des esclaves devant le maître, les conduisit vers une petite porte basse de marbre sculpté.

Edgard pressa un ressort, et, entraînant Rosalia à travers un couloir sans fenêtre, éclairé par des lampes d'albâtre, même pendant le jour, où les pas étaient assourdis par des tapis, la voix par des murs recouverts d'épaisses étoffes, il la jeta en quelques secondes, comme emportée sur des ailes, dans le boudoir du réduit d'Ashley.

Cependant, quelque court qu'eût été ce moment, Rosalia eut le temps de s'assurer que le flacon d'argent était à sa place, dans un pli de sa robe. Rosalia était une femme de tête.

Or, le but qu'Edgard voulait atteindre était précisément de lui faire perdre la tête, et le boudoir de la villa était le premier moyen qu'il avait rêvé pour réaliser cet espoir.

Le millionnaire s'était plu à mettre ses millions sur les murailles. Ce n'était pas le boudoir splendide d'une Espagnole, femme d'un hidalgo ; ce n'était pas le réduit de cachemire et de gaze de la maîtresse d'un nabab ; ce n'était pas le spirituel et radieux salon d'une princesse française qu'il avait réalisé; c'était un harem de l'Orient, au temps où il y avait un Orient et des rois qui commandaient à trois cents millions de sujets, et qui envoyaient leurs lieutenants conquérir des continents pour rapporter une perle unique à la favorite de Ninive, de Babylone ou de Palmyre.

Edgard avait copié Sardanaple. Il avait mis des draperies d'or sur les divans, des tapis lamés d'argent sous les pieds; on se roulait sur des coussins du cachemire le plus pur, et la soie était la pauvreté de cet étincelant asile.

Une grande statue d'ivoire, avec un collier de diamants et de rubis, des perles d'une seule goutte, grosses comme des noisettes, aux oreilles, une ceinture parsemée d'émeraudes et de topazes, les mains, les pieds, les bras chargés d'anneaux splendides, représentait Vénus, qui, debout au milieu du boudoir, semblait présider à l'amour.

A ses pieds, sur des coussins de soie rouge, se dressait un trépied chargé de mets exquis qui n'attendaient que la prêtresse de la statue.

Des lampes de cristal bleu laissaient échapper des lueurs mystérieuses, mêlées aux douces senteurs de l'ambre gris que brûlaient des cassolettes de jaspe et de porphyre.

Tout dans cet air enivrait la tête, fascinait les yeux, transportait l'âme dans un monde inconnu de rêve et d'hallucination.

Rosalia elle-même subit cette influence. Elle n'avait jamais vu semblable richesse.

La créole sentit comme une appréhension sans doute, car, résistant à l'étreinte de son amant, elle eut un moment d'hésitation sur ce seuil; son destin l'avertissait, la fatalité l'emporta. Edgard la saisit dans ses bras avec un mouvement passionné et vint la déposer étourdie sur le divan d'or et de pourpre aux pieds de la Vénus.

— Vois, Rosalia, lui dit-il, le sanctuaire que j'ai préparé pour ma divinité.

C'est ici que je m'étais promis de conduire la femme que j'aimerais, afin de lui montrer de quelles richesses mon amour pouvait entourer sa royale beauté.

C'est ici que j'ai rêvé de passer ces heures ailées qui s'écoulent entre les bras de la bienaimée aux premiers jours d'amour.

C'est ici que j'avais résolu de lui dresser un trône à faire envie aux autres femmes de la terre, comme ma fortune fait envie aux autres hommes.

Et le jour de réaliser tous ces rêves est venu... car cette femme, c'est toi.

— Moi? répéta Rosalia avec étonnement.

— Toi, oui! toi, ma Rosalia, reprit l'ardent jeune homme; toi seule au monde, car toi seule peux lutter avec cette Vénus divine et parfaite, œuvre du plus grand statuaire du monde; toi seule peux, debout devant la reine de l'amour, en te montrant nue auprès d'elle, toi seule peux lui dire: Tu es bien fière de ton cou, ô déesse; eh bien, regarde le mien, n'est-il pas plus beau, plus pur, et plus blanc? Donne-moi donc ce collier de rubis et de diamants qui m'appartient mieux qu'à toi.

Et en parlant ainsi, le jeune homme découvrait le cou de Rosalia; et détachant le collier de la Vénus, il le lui agrafait.

Rosalia ne résista pas: interdite, éperdue, entraînée par Edgard, elle s'abandonna à ce rêve. Elle se vit la maîtresse de cette fortune immense, en voyant brûler d'un feu aussi ardent cet amour qu'elle avait cru éteint; elle vit en ses mains un de ces pouvoirs qui égalent les femmes aux reines, car Edgard n'avait plus que peu d'années à vivre, et ce peu d'années, une fille de sa race avait mille moyens de l'abréger encore sans crime ni poison. Qu'était-ce auprès de cela que d'être la maîtresse de Ralph Ashburton, le gouverneur d'une ville de second ordre, un traître, un assassin, un misérable ?.. Rosalia fit un rêve : elle se vit en Europe, cette sphère sublime de l'aristocratie ; elle se vit réhabilitée, portant un titre splendide, veuve à vingt-deux ans, belle comme les anges et entrant le front haut par sa beauté et sa fortune dans les salons des rois.

Au milieu de ce rêve, elle entrevoyait Edgard qui, arrachant tour à tour les bijoux à la statue, répétait :

— Laisse ces anneaux, déesse; ces mains, ces bras sont plus arrondis et plus étincelants que les tiens.

Ces oreilles sont mieux faites pour la perle de Cléopâtre; ce front, pour le diadème de l'Olympe et du ciel.

Et l'impatient jeune homme, sans cesse plus ardent, arrachait plutôt qu'il ne détachait les vêtements de son adorable maîtresse, pour la comparer à la déesse.

Rosalia le laissait faire. Elle rêvait toujours.

Tout à coup elle porta vivement la main à son cœur.

Le flacon homicide allait tomber avec la soie qui le recélait.

Rosalia le retint et resta ainsi un moment, debout devant la statue, la main sur le flacon qu'elle serrait, le regard perdu dans l'espace et comme cherchant l'avenir.

Edgard aussi s'arrêta, et sa figure changea d'expression. Il connaissait le terrible secret du flacon ; et, pâle d'épouvante, il lut en traits de feu sur les traits de la femme qu'il avait tant aimée cette lutte suprême entre l'assassinat et l'ambition.

Ce ne fut que quelques secondes, mais quelques secondes d'un drame inouï... sans nom, sans précédent, et que le monde ne verra plus.

Enfin, Rosalia ouvrit la main, robe et flacon roulèrent sur le tapis, et la jeune femme, nue et radieuse, se tournant vers Edgard :

— Je suis à toi, je t'aime ! dit-elle en l'enlaçant de ses bras.

. . . .

— O mon adoré ! mon amant, mon époux, murmurait encore Rosalia à l'oreille d'Edgard, tu me jures que, pour prix de ma faiblesse et de mon abandon, tu ne me quitteras pas, tu ne m'abandonneras jamais?

— Jamais ! s'écria Edgard avec force et en se levant tout à coup. Jamais nous ne nous séparerons, crois-moi bien ; quand tu es entrée dans cette maison, tel était déjà mon seul désir, ma seule volonté.

Les yeux d'Edgard flamboyaient tandis qu'il prononçait ses paroles, et ses lèvres blêmes laissaient voir ses dents contractées.

— Tu me le jures? insista Rosalia qui ne voyait dans l'éclat de ce regard que la passion; tu me le jures, continua-t-elle, d'une voix plus caressante et plus impérieuse à la fois, de cette voix qui dominait tant sir Ralph, sur ce que tu as de plus sacré !

Edgard fit un mouvement :

— Oui! reprit-il encore avec cet accent qui s'animait à chaque seconde, et je vais te faire un serment solennel... Attends...

Et il sortit rapidement.

Rosalia crut sans doute qu'il allait chercher quelque objet révéré par lui, une Bible ou le portrait de sa mère; elle s'inquiéta peu de cette sortie.

Mais, se relevant à moitié nue, encore dans l'ivresse de son triomphe, pleine d'espoir et d'avenir, elle ne put s'empêcher de jeter autour d'elle un regard de superbe possession. Cette vision de splendeur qu'elle avait caressée se dressa de nouveau devant elle; et parcourant lentement cette chambre remplie de trésors, elle alla tour à tour poser le doigt sur chaque chose comme pour en prendre possession ; et enfin, quand, revenue à la Vénus, elle se retrouva devant elle, parée de tous les bijoux qu'elle lui avait enlevés, un cri de Sémiramis triomphante s'échappa involontairement de ses lèvres, et femme et jalouse même devant une statue :

— Tout cela est à moi ! fit-elle superbement.

— A vous, oui, bien à vous, pour toujours, sur la terre et dans l'enfer, à vous pendant l'éternité ! fit derrière elle une voix d'homme grave et sévère.

Rosalia se retourna et ne put retenir un cri de terreur : c'était Edgard, mais quel Edgard !

Edgard méconnaissable, pâle, sombre, le front hautain et froncé, non plus l'amant éperdu, mais le juge inexorable.

Rosalia était devant lui haletante, la bouche entr'ouverte. En un instant la force de cette femme sans pitié fut brisée. Elle avait entrevu le châtiment.

— Vous avez voulu un serment, lui dit Edgard en lui prenant la main, un serment sacré; eh bien, écoutez, je vais vous en faire un qui le sera, car les gens qui vont mourir ne mentent pas et n'ont pas le temps de trahir leur parole.

— Mourir! vous! répéta machinalement Rosalia.

— Mourir! moi, reprit Edgard. N'était-ce pas pour cela que vous étiez venue ici?

— Oh! fit Rosalia.

— Et ne sera-ce pas sur cette mort même que je jurerai quand je jurerai sur ce flacon?

Et il lui présenta le flacon de poison qu'il avait ramassé dans les plis de sa robe, pendant qu'elle défiait la statue.

— Edgard, je te jure... reprit Rosalia atterrée un instant.

— Ne jurez pas, madame! s'écria Edgard en l'interrompant; il ne faut pas se parjurer, je vous l'ai dit, sur le bord de la tombe.

— La tombe! fit Rosalia oppressée par une nouvelle terreur.

— Vous étiez venue ici pour me tuer; vous serez satisfaite, je vais mourir; seulement, vous n'avez pas compté que le lion se retournait quelque fois avant d'expirer et tuait le chasseur.

— Edgard, vous n'êtes pas un lâche, vous ne me tuerez pas! fit Rosalia avec un élan.

— Oh! non, soyez tranquille, reprit Edgard avec tranquillité, je ne vous tuerai pas; je vous laisserai mourir, voilà tout.

— Comment cela?

— Vous le saurez tout à l'heure.

— Non, de suite, de suite; cette angoisse me tue... Ah! tiens, fit-elle en se mettant à rire aux éclats, tu me mens, tu veux me faire peur, tu m'aimes toujours.

— Eh bien, oui, je t'aime toujours, reprit Edgard d'une voix vibrante.

— Ah! fit Rosalia qui sentit sa confiance renaître.

— Oui, je t'aime toujours, continua Edgard du même ton, car l'amour est un sentiment terrible, mystérieux et fatal, et c'est pour cela que je veux en aller chercher le secret autre part. Je t'aime toujours, poursuivit-il avec une sorte d'amer désespoir, quoique tu sois la plus infâme et la plus misérable des créatures...

— Tu mens! tu mens!... s'écria Rosalia avec énergie.

— Je mens ! reprit Edgard; ah ! sans doute, tu es la vertu même, toi qui es depuis deux ans la complice, l'espionne et la maîtresse de mon infâme frère ! toi qui t'es acquis par les rapines et les crimes une fortune plus infâme encore ; toi l'assassin des Anglais prisonniers, le bras qui dirigeait les coups des résurrectionnistes, la tête qui dirigeait les conseils du major, ces conseils de sang et de pillage; toi qui t'es déguisée pour faire arrêter Cleveland dans un Enfer; toi, enfin, qui es entrée ici ce soir le sourire sur les lèvres et le poison sur ton cœur, comme s'il devait prendre là un venin plus terrible encore... Ah ! tu n'es pas une infâme?... Mais dis-moi donc ce que c'est qu'une infâme?

Et Edgard, les bras croisés sur sa poitrine, la regardait avec un tel mépris qu'elle fut obligée de courber la tête sous son œil dédaigneux.

Rosalia ne répondit rien.

— Ah ! tu te tais à présent, dit Edgard en lui saisissant le bras ; tu te tais et tu es épouvantée qu'un homme ose te dire en face de pareilles choses, toi dont une fantaisie valait la mort de celui qui te déplaisait, comme pour le mulâtre Actéon.

Rosalia avait relevé lentement la tête, et son

audace commençait à revenir avec sa haine.

Mais à ce moment Edgard s'écria :

— Une fantaisie! eh bien! moi, j'en ai eu une aussi aujourd'hui; non pas comme toi et ton amant, une fantaisie de bagne et d'assassin, mais une fantaisie de roi et d'empereur. J'ai assez du monde et de la terre, voyez-vous, madame? continua-t-il avec un ton plus digne et plus sévère, j'ai épuisé toutes les coupes, j'ai usé ma santé, et la vie quitte ma poitrine épuisée; eh bien! il me restait un dernier plaisir à connaître... c'était la vengeance.

— La vengeance! fit sourdement la créole, qui sentait sa poitrine s'embraser sous l'atmosphère ardente qui se répandait graduellement autour d'eux.

— Oui! la vengeance, poursuivit Edgard avec hauteur, une belle vengeance, car c'est une justice aussi; une justice de mon frère, dont je ne pouvais frapper la vie, mais dont le ciel me permet de punir la cupidité, en lui ravissant ma fortune; une justice de toi, monstre à face d'ange, dont je prends la vie pour que tu ne fasses plus de victimes : sang pour sang, c'est la loi.

Rosalia, que toute cette scène épouvantait et qui souffrait d'un vertige étrange, rassembla toutes ses forces, et se dirigea vers la porte.

Mais elle la trouva fermée.

Se retournant alors vers Edgard, fort pâle, mais résolue :

— Qu'est-ce encore? dit-elle d'un air hautain en désignant la porte.

— Regarde, fit Edgard.

Une langue de flamme montait en crépitant le long de la fenêtre.

— Le feu! s'écria Rosalia terrifiée.

— La mort, dit Edgard avec calme.

— Oh! je veux fuir, je sortirai, je m'échapperai! reprit Rosalia en frappant avec fureur la porte immobile.

Le feu montait toujours.

Elle se tordait les mains, priait et suppliait Edgard, qui la regardait avec mépris.

Le feu brisa la fenêtre qui s'ouvrit en craquant.

— Oh! s'écria Rosalia, une issue!

Elle allait s'élancer.

Edgard la saisit d'un bras puissant.

— Non, pas d'issue, lui dit-il, pas d'issue; la mort ensemble, puisque tu m'aimes, avec tous ces trésors, puisque tu les désirais si passionnément que tu m'as fait jurer de ne pas t'en séparer. La mort d'une reine, puisque tu voulais être reine, d'une déesse, puisque tu insultais Vénus, le bûcher de Sardanapale!

Alors commença une lutte terrible, mêlée de cris et d'imprécations, entre ces deux êtres qui, une heure avant, se tordaient dans les fureurs de la passion; lutte insensée et diabolique, car autour d'eux le feu dévorait tout : marbres, trésors, tissus précieux, tout s'engloutissait dans l'incendie; lutte sans nom qui dura jusqu'au moment où le peuple, accouru enfin aux flammes, put apercevoir un instant, au milieu de l'incendie, un homme et une femme se tordant aux pieds d'une pâle statue qui semblait les regarder comme deux victimes humaines offertes à son culte.

Puis un craquement se fit entendre, et tout disparut dans le brasier, l'homme, la femme et la Vénus vengeresse.

VI

L'étoile polaire.

—

Cleveland ignorait encore le drame terrible auquel nous venons d'assister, lorsqu'il aborda à Sullivan.

Avant de se séparer de son fils, Dunbar lui avait expliqué dans ses moindres détails le plan qu'il avait arrêté, et dont voici l'aperçu en quelques mots :

Après avoir pris à bord de son yacht Christol et ses compagnons de la forge de Melbury, le lord devait, sous prétexte de transborder les prisonniers de la batterie du nord sur une autre batterie, mettre le cap sur l'île de Sullivan où le canot irait prendre le capitaine de *la Magicienne* et les quatre matelots qui s'y trouvaient avec le bateau de pêche; une fois embarqués, le yacht forçait de voiles pour rallier la flotte de l'amiral Parker qui croisait en ce moment dans les eaux de Georgetown.

Cleveland avait d'abord insisté pour ne pas quitter son père; mais le lord avait exigé qu'il se rendît au phare pour prendre connaissance de la missive que le major devait lui envoyer.

Les ordres du major pouvaient contenir des avis d'une importance immense pour eux, et ils ne devaient donc rien négliger pour assurer le succès de leur entreprise..

Cleveland monta sur une des yoles de l'amirauté, et après deux heures de mer il aborda de nouveau à Sullivan.

Le commandant de *la Magicienne* sentit son cœur se briser dans sa poitrine lorsqu'il posa le pied sur la première marche de l'escalier du phâre.

Le hasard se plaisait encore à réunir les deux jeunes gens, comme pour insulter à leur résignation.

La première personne que rencontra Cleveland fut le digne serviteur du docteur : Robinson, qui eut beaucoup de peine à le reconnaître sous son déguisement.

— Voyons, dit le corsaire, annonce-moi bien vite au capitaine Fergusson.

— Tout de suite, monsieur Cleveland ; mais auparavant, laissez-moi vous prévenir d'une chose, dit le vieux serviteur d'un air mystérieux.

— Parle.

— Avez-vous rencontré les matelots que milord Dunbar votre père avait envoyés à Schutes-Folly.

— Non.

— Eh bien, ils sont ici depuis hier ; leur bateau est amarré entre les rochers de Glastown.

— Ah ! tant mieux, dit Cleveland avec joie, je serai heureux de serrer la main à ces braves gens.

— Ah ! reprit Robinson avec embarras, c'est que vous ne devez pas faire semblant de les connaître.

— Même devant le capitaine Fergusson ?

— Surtout devant le capitaine Fergusson.

— Et pourquoi cela ?

— Je l'ignore ; mais il paraît que le lord de

l'amirauté a des motifs sérieux pour agir ainsi.

— C'est bien, dit le corsaire, je me conformerai à cette consigne.

— Si le capitaine Fergusson se doutait que les pêcheurs qu'il laisse rôder autour du phare sont des Anglais déguisés, il est probable qu'il prendrait une décision énergique à leur égard.

— Tu as raison. Mais sais-tu au moins ce qu'ils viennent faire à Sullivan?

— Non! fit Robinson après avoir hésité un instant.

— Peu m'importe après tout, dit Cleveland; le lord de l'amirauté a bien le droit d'agir sans me consulter.

Et, précédé par le bonhomme, Cleveland entra chez le capitaine.

Fergusson était seul.

Assis devant une table chargée de cartes marines et de livres, il lisait avec une attention singulière des dépêches qu'il venait de recevoir de Charlestown.

En quelques mots Cleveland l'eut mis au courant.

Mais à mesure que le jeune homme parlait, une expression de tristesse se peignait sur le visage du père de miss Eva.

— Tenez, dit-il à Cleveland en lui présentant la dépêche qu'il lisait au moment de son arrivée, voilà la lettre de crédit que m'adressait le major Ralph à votre sujet.

Cleveland parcourut rapidement la dépêche.

— Voici maintenant celle que je dois remettre au capitaine Pleydel... lisez, mon ami.

Le corsaire brisa vivement le cachet de l'enveloppe et lut à mi-voix :

« Le capitaine Pleydel fera éteindre le feu de » Sullivan dans la nuit du 19 août, à une heure.

» Dans le cas où le capitaine Fergusson, gar» dien du phare, refuserait d'exécuter cet ordre, » sa désobéissance aux ordres de l'amirauté serait » considérée comme crime de trahison et punie » comme telle.

» RALPH ASHBURTON.

» Fait à l'arsenal de Charlestown, ce 17 août 1777. »

— Quelle étrange mission ! mermura Cleveland en laissant tomber le papier à terre : c'est en vain que je cherche à comprendre le mystère qu'elle renferme.

— Je vais vous l'expliquer, moi, dit Fergusson avec calme : tous les navires qui sortent de Charlestown pour gagner la haute mer passent à un mille à peine des rochers de Glastown-Sullivan.

Dans le jour les bouées leur indiquent le chenal.

La nuit ils s'orientent sur le feu du phare, qui, semblable à l'étoile polaire, leur trace leur route.

Que le feu s'éteigne, que les ténèbres se fassent subitement, les pilotes trompés par le second feu qui brille à la pointe de Moultrie, mettent la barre sur les rochers de Glastown qu'ils pensent éviter ; et leur navire va se briser sur les rocs à fleur d'eau.

— Mon Dieu ! s'écria Cleveland avec désespoir ; et mon père qui doit s'embarquer cette nuit... Oh ! je comprends maintenant, le major savait tout ! oh ! le misérable ! le misérable !

Mais la Providence ne pouvait permettre l'accomplissement d'un crime exécrable, et elle m'a envoyé comme un sauveur.

Fergusson ramassa lentement la dépêche, et désignant du doigt le dernier paragraphe... il le relut à haute voix.

— Savez-vous quel châtiment m'attend, si je

n'obéis pas, Cleveland? La peine des assassins et des voleurs... la potence!

Un cri d'horreur s'élança des lèvres du jeune homme.

— Non! c'est impossible, dit-il avec désespoir. Vous ne pouvez exécuter un pareil ordre; vous ne pouvez vous faire le complice d'un tel monstre... Vous, devenir un naufrageur! jamais je ne croirai cela.

— Et vous avez raison, Cleveland, s'écria Fergusson dont le visage s'illumina subitement d'un éclair de fierté; car mieux vaut encore la mort que le déshonneur.

— Mourir, vous! répéta Cleveland en lui prenant les deux mains... Mourir! vous qui nous sauvez; oh! par le Dieu qui m'entend et qui me juge, cela ne sera pas.

— Oui, si vous parlez de la mort infamante infligée par la main du bourreau. Mais vous êtes soldat, Cleveland, et vous savez quel parti doit prendre un soldat qui se trouve placé entre une lâcheté et une trahison.

— Je ne sais rien, exclama le jeune homme avec exaltation, mais je veux que vous viviez.

— Voyons, du calme, mon ami, dit le capitaine en laissant tomber ses deux mains sur les épaules du corsaire; à quoi bon nous débattre contre des événements plus puissants que notre raison ?

Réfléchissez, Cleveland.

Si j'exécute les ordres que me donne le major, je descends au rang des bandits et des pillards de grèves, je suis déshonoré à jamais aux yeux de mes camarades.

Si je refuse de m'avilir en obéissant, Ashburton me fait passer devant le conseil d'amirauté qui me condamne sans pitié; car je n'ai pas à juger de la conduite de mes supérieurs, et je ne dois être pour eux que l'instrument docile de leur volonté.

Vous voyez donc bien que je n'ai qu'un seul moyen de sortir avec honneur de ma situation.

— Implacable réalité ! murmura le corsaire d'une voix étouffée en laissant retomber sa tête entre ses mains.

— Vous voyez bien que si vous étiez à ma place, vous agiriez de même.

— Mais votre enfant... votre chère Eva ! s'écria le jeune homme d'une voix brisée.

— Ma fille trouvera un protecteur, un ami qui ne l'abandonnera pas.

— Oui, votre frère.

— Mon frère d'abord, et une autre personne.

— Qui donc? demanda Cleveland en pâlissant.

— Vous, Cleveland.

— Moi!

— Vous qui l'aimez autant qu'elle vous aime.

— Quoi! vous saviez...?

— Edgard m'avait tout appris avant votre départ.

— Eh bien, oui, capitaine, fit résolûment le corsaire, Edgard vous a dit la vérité. J'aime miss Eva... je l'aime de cet amour noble et saint qui inspire tous les grands dévouements, qui fait supporter toutes les misères.

Si j'ai gardé le silence, c'est que miss Eva, connaissant mieux que moi l'indomptable fierté de votre caractère, a exigé de moi ce sacrifice.

Le nom que je vais porter, ma fortune à venir, devaient, disait-elle, être un obstacle éternel à notre bonheur : dites un mot, capitaine, et je renonce à tout cela pour mériter la main de votre enfant.

— Eva disait vrai, mon ami; hier encore j'eusse refusé la demande que vous me faites... aujourd'hui, c'est moi qui vous supplie de veiller sur ma fille et de devenir son époux.

Que vous soyez noble, que vous soyez riche, peu m'importe à présent... l'action que j'aurai accomplie égalisera toujours notre rang.

— De quelle action parles-tu donc? dit le docteur qui venait d'entrer avec Eva.

— Silence, ami, fit le capitaine en serrant avec effusion la main du corsaire. Je vais te le dire, frère, continua-t-il en attirant sa fille dans ses bras.

J'allais sacrifier ton bonheur à un orgueil égoïste, ma pauvre Eva...

J'allais faire regretter à un brave enfant son obscurité et sa pauvreté.

— Que voulez-vous dire, mon père? dit Eva en pâlissant.

— Eva, le capitaine Dunbar vient de me demander ta main..., reprit Fergusson avec bonté; l'aimes-tu assez pour consentir à le suivre en Angleterre?

— Oh! parlez! parlez, miss! s'écria Cleveland avec un geste suppliant.

— Sans vous, mon père? dit-elle après un silence.

— Sans moi, reprit Fergusson en essayant de dominer son émotion.

— Vous partirez seul, Cleveland, dit-elle d'une

voix douce et résignée. Mon devoir est encore plus grand que mon amour.

— Non ! s'écria Fergusson en prenant la main du corsaire et en la plaçant dans celle d'Eva; car maintenant que je sais que tu l'aimes, je t'ordonne de m'obéir... Qu'elle soit votre femme, Cleveland, qu'elle soit heureuse avec vous.

— Eva ! ma chère Eva ! s'écria le corsaire en déposant un baiser sur le front de la jolie enfant.

— Ah çà ! mais suis-je bien éveillé? grommela le docteur en se frottant les yeux.

— Oui, dit Fergusson en passant son bras sous celui de son frère; notre rêve s'achève.

— Et le leur commence... Ah ! les enfants ! des ingrats qui ne se sentent pas plutôt des ailes qu'ils nous abandonnent.

La journée suivante fut une journée de désespoir et de deuil pour les hôtes de Sullivan, car ils apprirent par Robinson la mort d'Edgard et de Rosalia.

Cleveland comprit tout ce qui s'était passé dans cette terrible nuit.

En se sacrifiant au bonheur de ses amis, Edgard s'était vengé en même temps de la misérable créature qui s'était faite leur mauvais génie.

Le testament, confié par lui au docteur, prouvait clairement d'ailleurs que le hasard n'était pour rien dans cet événement.

Le chagrin qu'éprouvèrent les deux jeunes gens fut si profond, qu'ils oublièrent leur bonheur présent pour pleurer celui dont le souvenir devait vivre éternellement au fond de leurs cœurs.

Le docteur seul, qui connaissait mieux que personne la situation désespérée d'Edgard, était calme et résigné.

Cette fin violente lui semblait cent fois préférable à une agonie lente et obscure.

La résolution du capitaine, résolution que le corsaire avait essayé en vain de combattre, plaçait le malheureux jeune homme dans une position terrible, car la mort se dressait toujours livide et menaçante entre ceux qu'il aimait.

Les heures s'écoulaient rapides et implacables, et à mesure qu'elles tombaient dans l'éternité, la réalité apparaissait plus menaçante.

La nuit vint enfin, et avec les ténèbres les angoisses du corsaire ne firent que s'accroître.

Onze heures venaient de sonner, et le capitaine, après avoir embrassé sa fille et son frère, s'était retiré dans son cabinet de travail pour écrire ses dernières volontés et attendre l'heure fatale.

Cleveland, qui l'avait accompagné, fit une dernière tentative pour le sauver.

Fergusson fut inflexible.

— A quoi bon lutter contre une impossibilité? dit-il en chargeant tranquillement un pistolet qu'il déposa ensuite sur la table; — si j'éteins ce phare, votre père et vos amis périssent sous nos yeux.

La mort seule peut effacer ma trahison.

Le corsaire serra une dernière fois la main du brave capitaine et redescendit à la hâte l'escalier du phare.

Une lueur d'espoir venait d'éclairer sa pensée.

Robinson lui avait parlé des quatre marins qui se trouvaient alors à Sullivan... S'il parvenait à les rencontrer, le capitaine était sauvé, car il le faisait enlever et conduire à bord du bateau.

Cleveland marcha rapidement vers la mer qui déferlait alors, avec un bruit sinistre, contre les rochers de Glastown, et ses yeux se fixèrent avidement sur la petite crique où mouillaient les embarcations de l'île.

Un seul bateau était à l'ancre à une portée de carabine de la plage.

Cleveland allait le héler, lorsqu'il entendit le sable crépiter derrière lui et des voix chuchoter tout bas.

— Qui va là? cria le jeune homme en portant la main sur la garde de son sabre.

Une ombre se détacha sur le ciel.

— Est-ce vous, Pleydel? dit le major Ralph en marchant sur lui.

Le corsaire recula terrifié devant cette sinistre apparition.

— Vous, major! s'écria-t-il.

Ashburton se retourna vers les deux marins qui l'accompagnaient.

— Prévenez le capitaine Fergusson, dit-il en leur indiquant le phare, dont le feu éclairait en ce moment la grève.

Les deux hommes s'inclinèrent devant leur maître et se dirigèrent vers le phare.

Le silence de ces deux personnages, le soin qu'ils mettaient à cacher leurs traits sous le capuchon de leur vareuse, ajoutaient encore au fantastique de cette scène.

— Que se passe-t-il donc, major? dit enfin Cleveland.

— Un peu de patience, mon cher Pleydel, reprit le major tout en se débarrassant de son manteau, nous avons le temps, allez.

Vous avez pris connaissance de la dépêche que vous a remise Fergusson?

— Oui, major.

— Et vous avez deviné sans doute le sens de l'ordre qu'elle renfermait?

— Je le crois, major, dit Cleveland avec une étrange expression, et puisque vous êtes venu en personne pour assister au spectacle d'un naufrage, je profiterai d'une aussi bonne occasion pour vous donner la représentation d'une comédie dont vous ne connaissez encore que le prologue.

— Vraiment, dit le major en s'adossant contre le rocher, contez-moi vite cela, Pleydel.

Le vent qui soufflait de terre apporta en ce moment aux deux hommes le bruit d'une rumeur lointaine.

— Ah! ah! dit le major en prêtant l'oreille, le capitaine aura voulu résister à mes hommes.

— Mon Dieu! que se passe-t-il donc? murmura Cleveland, en voyant des ombres glisser devant la porte du phare et se perdre derrière la rampe de rochers qui descendait jusqu'à la mer.

— Vous me disiez, capitaine...? reprit le major.

— Je disais, répliqua Cleveland avec une énergie farouche, que si vous étiez venu pour voir un naufrage, je vous avais ménagé un autre spectacle.

— Oh! dit Ralph en riant, je ne pense pas qu'il soit aussi intéressant que celui auquel nous allons assister, car vous ne vous doutez pas, capitaine, de l'intérêt qu'il renferme.

Voyez cette mer furieuse, écoutez le bruit de ces vagues sur les rochers, et avouez que la décoration est splendide.

Un coup de canon résonna au loin, répété par tous les échos de la côte.

— Entendez-vous ce signal? s'écria le major radieux : eh bien, il m'annonce que ce misérable Mogueith double en ce moment la pointe de Schutes-Folly; Mogueith qui s'évade de Charlestown avec tous les prisonniers de la batterie du nord... Mogueith qui se guide sur la lumière de ce phare pour éviter les rochers de Glastown, et qui, perdu bientôt dans les ténèbres qui vont se faire autour de nous, va venir se briser à nos pieds.

Et une sorte de délire furieux s'emparant de

Ralph, il étendit les deux bras vers la mer et s'écria :

— Merci, démon de la tempête, merci, ta part te sera faite, je le jure, si tu souffles bien fort... Hier c'était ton ennemi le démon du feu qui se faisait mon esclave, en emportant sur son aile mon frère maudit, et cette créature infâme, cette Rosalia, que je haïssais presque autant que lui. Allons, à l'œuvre, mes dignes alliés, à l'œuvre...

Et, se retournant vers le phare qui brillait toujours :

— Mais cette flamme ne s'éteindra donc pas! fit-il avec rage.

— Non, dit Cleveland en marchant sur lui, non, major, car Fergusson n'obéira pas aux ordres que vous lui avez donnés.

— Et pourquoi?

— Il le demande, le misérable! exclama Cleveland avec emportement. Fergusson n'obéira pas parce que je ne suis pas le capitaine Pleydel.

— Qui donc êtes-vous? s'écria Ralph en tirant son sabre.

Le corsaire porta rapidement la main sur la garde du sien, et recula de deux pas pour se mettre sur la défensive.

— Je suis le corsaire Cleveland, le fils de Mogueith, de Mogueith qui n'est autre que Dunbar, lord de l'amirauté.

Un cri de fureur s'élança de la poitrine du major, qui, passant son sabre dans sa main gauche, prit un pistolet à sa ceinture et l'arma précipitamment.

— Ah! reprit-il d'une voix sourde, il y a longtemps que je souhaitais de me trouver face à face avec toi. Allons, fils de Dunbar, lord de l'amirauté, recommande ton âme à Dieu, car tu vas mourir.

— Ce sera donc dans un duel loyal! s'écria Cleveland en tirant à son tour un pistolet de sa poche et en ajustant le major.

En ce moment, et comme si quelque enchanteur eût levé sa baguette magique, l'obscurité la plus complète s'étendit sur les rochers.

Les deux hommes se retournèrent en même temps vers le phare, dont le feu venait de s'éteindre subitement.

— Regarde! exclama le major, et vois comme tes ordres sont exécutés.

Le corsaire poussa un cri désespéré et tenta de s'élancer vers le phare; mais en trois bonds le major s'était jeté derrière le rocher, et, debout sur le seuil de la porte, il en défendait l'entrée le pistolet d'une main, le sabre de l'autre.

Cleveland éleva son arme à la hauteur de la poitrine de son ennemi et appuya le doigt sur la détente.

L'amorce seule brûla.

Un éclat de rire strident accueillit cette tentative désespérée.

— Tu le vois, dit Ralph en se croisant les bras, le diable est pour moi. — Allons, résigne-toi, Dunbar...

— Non, tuez-moi, infâme! s'écria Cleveland avec rage, en venant se poser en face de son adversaire.

— Oh! j'ai le temps! reprit Ralph, la mort te serait trop douce maintemant : il faut que tu assistes à la vengeance de Ralph Ashburton, que tu entendes les cris de désespoir de tes amis, que tu sois témoin de l'agonie de ton père, le lord de l'amirauté.

Ralph achevait à peine ces mots, qu'une ombre se dressait derrière lui et qu'une main lui arrachait brusquement son pistolet.

— Allons, place, major! s'écria lord Dunbar en le repoussant loin de lui.

Ralph recula terrifié.

Dunbar et Christol descendirent vivement les marches de l'escalier.

— Ah! mon père, mon père! s'écria Cleveland en se jetant dans ses bras.

— Qu'en dites-vous, major? fit le pilotin en allant se poster devant la rampe qui descendait à la mer, afin de lui couper la retraite.

Une nappe éclatante de lumière s'étendit au même instant sur la mer et dans le ciel.

Le phare de Sullivan n'avait jamais été plus resplendissant.

Ralph poussa un cri rauque et appuya avec désespoir ses poings sur son front.

— Cleveland, fit Dunbar en serrant son fils contre son cœur, j'ai sauvé tous ceux que tu aimes, tu les retrouveras dans une heure à bord de ton navire.

— Mais le capitaine Fergusson...

— Le capitaine, le docteur et miss Eva, enlevés par mes ordres, nous attendent en ce moment sur le bateau qui va nous conduire au milieu de la flotte anglaise.

— Venez, mon père, venez! s'écria le corsaire en cherchant à l'entraîner.

— Un instant encore, dit-il en s'approchant du major.

Vous êtes mon prisonnier, major Ashburton, dit-il avec calme ; — demain, avant de faire ouvrir le feu contre la ville, j'enverrai un parlementaire pour que vous soyez échangé contre les prisonniers qui restent encore sur les batteries flottantes.

— Moi, s'écria Ralph haletant de fureur ; moi je sauverais ces misérables ! jamais.

— Ah ! nous voulons faire le méchant, dit Christol en commençant à se débarrasser de sa veste de matelot. Dites encore un peu que vous refusez, pour voir...

Mais avant que le pilotin eût eu le temps de s'assurer de lui, le major s'était élancé sur la pointe d'un rocher qui surplombait en cet endroit les récifs de Glastown.

— Ah ! ah ! s'écria-t-il, vos mesures étaient bien prises, milord, mais vous aviez compté sans l'indomptable volonté du major Ralph Ashburton : envoyez demain votre parlementaire, lord de l'amirauté, et échangez, si vous pouvez, vos prisonniers contre un cadavre !

Et prenant un élan furieux, il s'élança dans le gouffre ouvert sous ses pieds.

Un bruit sourd et un cri plaintif montèrent de l'abîme.

— Que Dieu lui pardonne le mal qu'il a fait! dit Dunbar en saisissant la main de Cleveland qui était resté comme immobilisé par la terreur.

— Étrange destinée! murmura le corsaire; lui aussi devait finir par le suicide!

ÉPILOGUE.

La Magicienne.

Le lendemain, lorsque le soleil levant éclaira de ses premières lueurs la rade de Charlestown, la flotte anglaise commandée par l'amiral Peter Parker était embossée à une petite portée de canon de l'île de Sullivan, et sa ligne de combat s'étendait depuis le fort de Moultrie jusqu'aux batteries de Halfmoon.

Avant d'ouvrir le feu, les deux amiraux Parker et Dunbar avaient envoyé à terre un parlementaire pour sommer le colonel Moultrie, commandant de l'île, de se rendre.

En attendant le retour de ce parlementaire, les équipages avaient fait leur branle-bas de combat, et n'attendaient plus qu'un signal pour engager l'action.

Le yacht de guerre sur lequel les prisonniers s'étaient évadés avait jeté l'ancre en face de la batterie de Halfmoon.

Christol et André, le vieux maître d'équipage, en avaient le commandement; quant à *la Magicienne*, elle était embossée à côté du vaisseau amiral, sous le feu du fort de Moultrie, la batterie la plus importante de l'île...

Les deux frères Fergusson et miss Eva avaient été conduits sur la goëlette, dont Cleveland reprenait le commandement.

Le brave capitaine Fergusson était calme et résigné.

Les événements qui venaient de s'accomplir, en sauvegardant son honneur militaire, le rattachaient à tous ceux qu'il aimait.

Le cœur du père l'emportait alors sur l'âme du soldat.

Le docteur avait accepté les faits avec une joie véritable, car, le danger passé, Fergusson n'avait pas hésité à lui avouer la résolution désespérée qu'il avait prise, en présence des instructions du major. Comprenant qu'avant peu ses services allaient devenir nécessaires à bord, l'excellent homme commençait à s'installer une ambulance dans la batterie basse.

Depuis son retour, Cleveland avait eu à peine le temps d'échanger quelques mots avec ses amis, car ses devoirs de commandant parlaient plus haut que les sentiments affectueux de son cœur.

Le parlementaire n'était pas encore de retour, lorsqu'un canot, se détachant du vaisseau amiral, accosta devant l'escalier de *la Magicienne.*

L'amiral Peter Parker, lord Dunbar et deux officiers d'état-major montèrent sur le pont de la goëlette.

Cleveland alla recevoir les deux amiraux au bas de l'escalier, pendant que l'équipage rangé sur le pont et dans les vergues poussait un triple hourra.

Le lord de l'amirauté était extrêmement pâle. Le capitaine Fergusson et sa fille se tenaient à l'écart au pied du mât de misaine.

Dunbar serra Cleveland dans ses bras, et le présentant à l'amiral Parker:

— Milord, dit-il avec émotion, puisque vous avez bien voulu me faire la grâce de m'accompagner à bord de cette goëlette, permettez-moi de vous présenter mon fils, sir Cleveland Dunbar, commandant de *la Magicienne*.

— Votre fils? répéta l'amiral étonné.

— Oui, milord, et comme je ne reverrai peut-être jamais l'Angleterre, comme je puis être tué dans le combat que nous allons livrer, c'est à vous que je confie ces titres et ces actes qui assurent à mon enfant un nom et une fortune.

Lord Parker prit de la main gauche les papiers que lui présentait son collègue, et tendit la droite au jeune corsaire.

— Je vous jure qu'il sera fait ainsi que vous le souhaitez, mon ami, dit-il avec bonté.

Je vous connaissais déjà de réputation, capitaine Cleveland; votre goëlette est bien vieille et bien fatiguée par les courses glorieuses qu'elle a faites dans l'Atlantique; ne la ménagez pas aujourd'hui; ramenez-la-moi bien trouée par les boulets, bien déchirée par la mitraille, et je vous l'échangerai contre une belle frégate toute neuve.

— Alors à ce soir, milord, dit fièrement le corsaire en s'inclinant devant le lord.

— Sur quel navire voulez-vous combattre, milord Dunbar? demanda Parker.

Dunbar étendit la main vers la batterie de Moultrie, sur laquelle l'ennemi roulait à la hâte de nouvelles pièces de siége.

— Je pense, milord, dit-il simplement, que la place est trop bonne pour que j'aie besoin d'en chercher une autre.

— Soit, fit lord Parker, faites donc hisser votre pavillon à bord de la *Magicienne*.

— Merci, milord, reprit le lord en lui serrant la main avec effusion.

— Je retourne à bord pour recevoir le parlementaire que j'ai expédié... Attendez, pour ouvrir le feu, que le *Royal-Georges* vous en donne le signal. Au revoir, milord, au revoir, capitaine Cleveland.

Quelques minutes après, l'amiral Parker remontait à bord du *Royal-Georges* et le pavillon amiral flottait sur *la Magicienne*.

— Mon père! mon bon père! s'écria Cleveland quand l'amiral Parker eut quitté le bord, merci pour ce que vous avez fait pour moi! Je serai digne de cet honneur.

— Oui, fit lord Dunbar en le regardant avec orgueil, et je remercie le ciel de m'avoir conservé un fils tel que toi. Voyons, mon brave enfant, me pardonnes-tu maintenant ?

Cleveland jeta ses bras autour du cou de son père et appuya ses lèvres sur son front décoloré.

— Je vous aime et je vous honore, mon père, dit-il d'une voix douce et caressante.

Fergusson et Eva passèrent en ce moment près d'eux pour descendre dans l'entre-pont.

Cleveland s'élança au-devant de ses amis ; prenant Eva par la main, il l'attira doucement vers son père.

— Mon père, reprit-il en souriant, vous avez encore un enfant à embrasser.

— Et un ami, ajouta lord Dunbar, en ouvrant ses bras au capitaine Fergusson qui se tenait timidement à l'écart.

Allons, ne me gardez pas rancune de vous avoir sauvé la vie, dit-il avec bonté.

— Deux fois même, reprit Fergusson ; aussi, comme je craignais de ne pas avoir le temps de m'acquitter envers vous, c'est Eva que j'ai chargée de ce soin.

— Oui, fit le lord, parce que vous saviez bien que son amour pour mon fils payerait au delà votre dette de reconnaissance.

— Eh bien, ai-je réussi, milord ?

— Oui, pour ce qui me regarde ; mais Cleveland, auquel vous accordiez une si généreuse hospitalité, pour qui vous vous exposiez à un châtiment terrible, Cleveland sera toujours, quoi qu'il fasse, votre débiteur.

— Qu'il m'aime et m'estime toujours comme je l'aime et l'estime, voilà tout ce que je lui demande, dit Fergusson en prenant les mains de ses deux enfants.

— Nous ferons mieux, mon bon père, dit Eva en l'enlaçant dans ses bras, nous vous ferons oublier tout ce que vous quittez pour nous.

— Ah ! je ne regrette plus rien maintenant, dit-il avec entraînement.

Un coup de canon éclata en ce moment dans l'espace.

— Le signal ! s'écria le lord en voyant un petit nuage de fumée monter au travers des haubans du *Royal-Georges*.

— Enfin ! exclama Cleveland, dont le visage s'illumina d'un éclair joyeux, à bientôt, ma chère Eva, à bientôt, ma femme bien aimée.

— Allons, capitaine, dit vivement le lord auquel un matelot venait de remettre un porte-voix. Vous êtes encore notre prisonnier : emmenez vite notre enfant, et ne quittez pas votre retraite pendant le combat; je le veux... je vous en prie.

— J'obéis, milord, dit Fergusson en reprenant le bras de sa fille, que Dieu vous garde tous deux!

Cleveland déposa un dernier baiser sur le front de sa fiancée et gagna avec son père l'arrière du navire.

Une bordée formidable partit en ce moment des flancs du *Royal-Georges*, et un long hourra de triomphe poussé par tous les équipages s'élança dans les airs.

Une longue traînée de flamme et de fumée raya la côte, et un ouragan de fer passa au travers des agrès du navire.

Le fort de Moultrie et les batteries de terre de la côte venaient de répondre à l'attaque du vaisseau amiral.

— Commencez le feu! commanda le lord de l'amirauté d'une voix tonnante.

— Feu! cria Cleveland en se penchant sur le grand panneau.

Les seize caronades de tribord tirèrent à la fois.

La Magicienne trembla sur ses ancres et une nappe de fumée blanche monta lentement jusqu'à ses vergues.

Nous ne suivrons pas toutes les péripéties de ce combat célèbre dans l'histoire.

Nous nous bornerons à raconter au lecteur l'épisode le plus remarquable de cette journée.

Après deux heures de siége, les batteries de Halfmoon, démontées de toutes leurs pièces, suspendirent leur feu, et les navires qui étaient embossés à la pointe de Glastown remontèrent alors le Cooper pour aller bombarder la ville.

La Magicienne seule ne rallia point la flotte, car la batterie de Moultrie n'avait pas suspendu son feu, et lord Dunbar ne voulait pas quitter sa ligne de combat avant de l'avoir réduite au silence.

C'était un véritable duel entre la goëlette et le fort.

Rasée de son grand mât, et trouée par les boulets, *la Magicienne* faisait des prodiges de valeur.

Une dernière volée, partie de terre, ayant coupé le grelin de l'ancre du bossoir de tribord, Dunbar s'élança à l'avant du navire pour faire mouiller de suite une autre ancre; mais, au moment où il se penchait sur le bastingage, un boulet le frappa à l'épaule.

— Mon père! mon père, s'écria Cleveland avec désespoir, en le recevant tout sanglant dans ses bras.

Un gémissement s'exhala de la poitrine du lord de l'amirauté, et s'affaissant lentement sur lui-même, il roula sur le pont, à cette même place où, vingt ans auparavant, Lothian était tombé frappé par lui.

Le souvenir de cette terrible nuit revint subitement à l'esprit du moribond.

— Ah! murmura-t-il en regardant avec égarement le ruisseau de sang qui coulait entre les rainures des planches, le sang seul devait effacer le sang! Seigneur! Seigneur! ayez pitié de moi!

Et il retomba inanimé dans les bras de son fils.

— Mon père! mon pauvre père! s'écria Cleveland avec désespoir.

En ce moment, il sentit une main qui s'appuyait sur son épaule.

Le capitaine Fergusson, pâle et défait, se tenait debout près de lui, lui tendant le porte-voix que le lord de l'amirauté avait laissé tomber sur le pont.

— Votre devoir est encore plus grand que

votre douleur, capitaine Cleveland, dit-il avec autorité.

Cleveland bondit jusqu'au banc de quart.

— Feu! camarades! cria-t-il d'une voix éclatante, et vive l'Angleterre!

FIN.

LE DOCTEUR TRIFONE.

I

La Piazza Reale.

—

Vous ne l'avez pas oublié, n'est-ce pas? cet illustre docteur Trifone, ce prince de l'orviétan, ce prodigieux inventeur du *bol de Palestine*, qui tenait son cabinet de consultations à la Piazza Reale à Naples.

Que de fois me suis-je arrêté devant ces tréteaux poudreux sur lesquels frétillait cette étrange marionnette humaine qui n'était au premier coup d'œil que perruque, que jabot et que drap sang-dragon rechampi d'or!

Quelle verve, et surtout quel admirable talent de mime! Un sauvage du Labrador l'eût compris à la troisième passe, ce mirifique charlatan, et comme ces naïfs marchands d'eau de la Chiaia qui le regardaient bouche béante, il eût tiré non pas des grains de sa poche, mais une once de poudre d'or de son sac de peau d'élan, pour acheter cet élixir couleur de topaze qui frissonnait dans les rouleaux du médecin des visages pâles.

Avouez que Trifone résumait en lui trois ou quatre personnifications et une égale variété de nationalités.

Rêveur, brutal et humoriste dans son intérieur, il redevenait, en posant le pied sur ses tréteaux, le plus joyeux scaramouche, le fantoccin le plus disloqué de toute l'Italie. On sentait que le *dottore* s'était inspiré de ces maîtres du XVIIe siècle, et qu'il avait hérité de toutes les traditions de ces grands empiriques, de ces pittoresques rouleurs de monde, que Brouwer, Jean Steen et Van Ostade crayonnaient à la sanguine dans les kermesses du Brabant.

Quel homme que ce Trifone! il parlait latin et grec comme un bénédictin, il écrivait l'anglais et l'allemand avec une pureté incroyable, et il mimait le Napolitain comme un improvisateur du Pausilippe.

D'où venait-il ? où irait-il en quittant Naples? Sa baraque de toile à paillasse avait poussé et s'était ouverte un beau matin, comme ces grosses fleurs d'eau qui pointent sur les lacs argentés de l'Écosse.

Ce que l'on savait, c'est qu'il avait montré au gouverneur de Naples un diplôme de docteur parfaitement authentique, et qu'il était libre d'exercer en dépit de toutes les Facultés.

Et maintenant que je me suis laissé entraîner à vous parler de choses que vous connaissez aussi bien que moi, je vais vous conter une histoire que j'ai apprise après votre départ de Naples, et dans laquelle notre personnage a joué un rôle important.

C'était vers la fin du mois de mai dernier; une foule bruyante et avide se pressait devant la baraque de Trifone, attendant avec une impatience singulièrement démonstrative que le docteur parût sur le théâtre de ses exploits.

En face de l'établissement du charlatan stationnait une élégante calèche découverte, occupée par trois personnes, une jeune lady, une petite miss d'une dizaine d'années, et enfin un gentleman d'une physionomie douce et rêveuse, d'une distinction remarquable.

La femme se nommait lady Jane Stanley, le gentleman avait nom sir William Webster.

Lady Stanley n'était pas tout à fait une inconnue pour moi; je l'avais vue déjà en Angleterre, dans une circonstance bien ordinaire, bien prosaïque, mais qui devait me frapper plus tard par un rapprochement douloureux. C'était au *match of cricket* de Windsor : elle était assise au fond d'une berline de poste, et sir Lionel Stanley, son mari, le vainqueur de la journée, en costume de flanelle blanche, se tenait en équilibre sur le marche pied de la voiture, caressant en souriant la chevelure blonde et soyeuse de sa chère petite fille.

J'ignorais complétement ce qu'était devenue lady Stanley depuis son veuvage ; Trifone devait me l'apprendre : c'est donc sur ce récit que j'écris pour vous cette histoire, qui pourra bien passer pour un roman.

Après s'être fait attendre un bon quart d'heure, le *dottore* souleva le rideau qui le séparait du public, et les vibrations de la grosse caisse et des cymbales annoncèrent son entrée en scène.

Trifone répondit aux applaudissements de la foule par un salut froid et distrait; s'étant recueilli un instant :

« Messieurs, dit-il d'une voix grave et posée, nous allons nous occuper, dans cette séance, des maladies organiques du cœur. »

Lady Jane pâlit subitement, et soit qu'elle voulût dissimuler son émotion, ou se trouvât fatiguée, elle appuya son mouchoir sur ses lèvres, et s'accouda sur le bord de la voiture pour écouter avec une attention singulière ce cours en plein vent de médecine pratique.

Trifone reprit ainsi :

« L'organe le plus noble de l'homme, c'est le cœur :

» C'est là qu'il sent en lui la faculté d'aimer, le plus beau des attributs de Dieu.

» C'est là qu'il éprouve la faculté de souffrir, la plus sainte des épreuves de l'âme et de la matière.

» Le cœur est le siége de l'amour et de la douleur.

» Logiquement, ses maladies sont infinies comme ses sensations, obscures comme la vie dont il est l'organe essentiel, terribles comme l'inconnu : elles se rient des médecins parce qu'ils ne disposent que d'armes matérielles, et que dans le cœur ils rencontrent à la fois et l'âme et la matière.

» Vous riez du charlatan qui bat la caisse; n'êtes-vous donc pas aussi charlatans que lui? Sont-ce vos livres morts qui vous ont appris les mystères du vivant? Non, le cœur est resté lettre close pour vous, parce que vous n'avez que le diagnostic de la chair.

» Ainsi, quand on vous amène un homme dont le cœur est frappé, vous vous dites : Il est perdu, tâchons de lui rendre la mort plus lente et moins douloureuse. C'est parce que vous raisonnez de la matière seule, que vous échouez.

» Hors les cas d'accidents qui sont presque toujours incurables, les maladies du cœur viennent de l'âme, naissent de la douleur; c'est par l'âme seule que vous les guérirez : c'est la douleur qu'il faut combattre et vaincre. Je ne vous interdis pas les moyens matériels; la matière a été attaquée, il faut à la nature sa part d'auxiliaires pour combattre le principe de mort; mais ce n'est là que le palliatif, la guérison est ailleurs.

» Remontez dans la vie de votre malade : observez, comparez; veillez, étudiez l'âme pour comprendre le corps, sachez ou devinez quel coup, quelle suite d'émotions ont frappé l'organe invisible, et quand vous aurez saisi corps à corps ce mal impalpable dont vous aurez remonté le cours dans le passé, frappez alors, s'il en est temps encore, frappez des coups en sens contraire, cherchez des remèdes moraux contre une maladie morale; il y a un magnétisme étrange, puissant, dans les pensées, dans les passions, dans le bonheur. Tâchez de saisir cette étincelle du double élément qui s'unit dans les œuvres de Dieu, et vous marcherez alors dans la route de la création et non dans celle d'une vaine science. »

Ce fut au milieu d'un tonnerre de bravos que Trifone acheva cette improvisation hardie.

Depuis deux mois il consacrait une heure par jour à cet exercice préliminaire. C'était une petite vengeance que le *dottore* pratiquait à l'endroit des disciples de saint Côme qui avaient mis tout en œuvre pour le faire chasser de Naples. Or, la vengeance de Trifone avait pris en peu de temps les proportions les plus alarmantes pour la Faculté, car les étudiants et les médecins qui s'étaient donné rendez-vous le premier jour pour *aboyer* l'empirique, s'en étaient allés stupéfiés de la clarté et de la simplicité de sa théorie pratique, et depuis ils venaient chaque jour prendre des notes, ou sténographier son cours.

Une demi-douzaine de cures et d'opérations heureuses avaient achevé de poser Trifone et de lui donner une célébrité réelle.

Le cours terminé, Trifone redevenait pour le vulgaire l'unique créateur du *bol de Palestine*, dont les flacons s'enlevaient alors par centaines sous l'artillerie de la grosse caisse et des cymbales.

Cependant le docteur avait cessé de parler et lady Jane semblait comme immobilisée par une douloureuse extase.

— Cette séance vous fatigue, milady, lui dit avec douceur sir William, son jeune compagnon.

— Non, mon ami, murmura-t-elle doucement en regardant en souriant la petite Lucy, qui jouait sur les coussins de la voiture.

Et elle ajouta :

Ce Trifone est réellemennt un homme extraordinaire.

Le savant venait de faire place à l'histrion.

— Venez! venez, et écoutez tous! s'écriait Trifone en brandissant ses rouleaux d'élixir; venez à l'incomparable docteur Trifone, à l'illustre créateur de la panacée universelle. C'est l'élixir de longue vie qui donne aux petits et aux grands, aux jeunes comme aux vieux, aux riches comme aux pauvres, la joie et la santé. Achetez le *bol de Palestine,* la fortune liquéfiée par mes mains, le bonheur sur terre!

— Ah ! mère, voyez comme il est drôle, dit l'enfant en battant des mains; il ressemble à *Punch* *.

La comparaison était si juste, que sir William ne put retenir un éclat de rire.

Lady Stanley attira sa fille sur ses genoux, et après l'avoir enveloppée dans les plis d'un burnous de cachemire, elle lui dit :

— Il ne te fait pas peur, n'est-ce pas, Lucy?

— Non, mère.

— Alors, tu veux bien qu'il vienne nous voir à l'hôtel?

— Oui, dit l'enfant, il m'amusera encore.

— Vous avez bien réfléchi à la démarche que vous aller tenter, milady? fit le jeune homme.

— Oui, mon cher William. » Et, prenant un billet cacheté, elle le remit au domestique qui

* Le polichinelle anglais.

occupait la place de gauche sur le siége de la voiture.

— Ce billet au docteur Trifone. Maintenant, à l'hôtel, Tom.

II

L'osteria Bambinelli.

—

Une heure après, sir William entrait dans la baraque du charlatan.

— Le docteur Trifone ? dit-il en s'adressant au jeune élève qui était occupé à filtrer une pleine jarre de *bol de Palestine.*

— Il est sorti, répliqua le drôle sans tourner la tête.

— C'est bien, je l'attendrai, reprit le gentleman en tirant un flaçon de sels de sa poche pour essayer de combattre les gaz alcooliques qui s'exhalaient de la bassine de cuivre.

— Attendez-le si bon vous semble, mais je dois vous prévenir que le docteur ne rentrera pas de la soirée.

— Il n'habite donc pas ici? continua sir William en faisant d'un seul coup d'œil l'inventaire du mobilier.

— Non.

— Eh bien, dites-moi où je pourrai le rencontrer!

— Je n'en sais rien.

Sir William sortit lentement une bourse, au travers des mailles de laquelle brillaient les carlins et les *doppie* indigènes.

— Vous êtes donc bien pressé de voir le docteur? dit Paolino en regardant la bourse avec une indifférence parfaitement jouée.

— Oui, car si je le vois ce soir, c'est vingt *doppie* de six ducats que je lui payerai sa consultation.

Paolino se gratta le front et hésita un moment avant de répondre.

— Sans compter cette bourse que je me ferai un véritable plaisir de vous offrir, si vous voulez bien me rendre le bon office que je réclame de vous.

— Le docteur sera furieux, murmura Paolino.

— De gagner vingt *doppie ?*

— De se déranger de ses occupations.

— Je crois avoir le moyen de lui faire oublier sa mauvaise humeur.

— Eh bien, dit Paolino avec effort, le docteur pourra bien être ce soir à l'osteria Bambinelli, porta Capuana.

William avait entendu parler de la mauvaise renommée de ce quartier de Naples ; mais, pour ne pas donner à Paolino de tardifs remords de conscience, il dissimula le dégoût que lui inspirait la démarche qu'il allait tenter.

Largement payé de son indiscrétion, Paolino continua à filtrer le *bol de Palestine*, pendant que sir William se dirigeait vers la porte de Capoue.

Un seul détail d'intérieur donnera une idée de la moralité du cabaret Bambinelli : les cuillers et les fourchettes de l'établissement sont attachées aux tables par de petites chaînettes de fer; le service est en plomb, et le vitrage des fenêtres a été remplacé par une application de toile métallique, tissée de façon que tout en laissant filtrer le jour elle serve de rideau à la devanture.

Au moment où sir William posait le pied sur le seuil de ce bouge, une voix fraîche et vibrante de mezzo-soprano scandait, au milieu des bravos et des éclats de rire, le refrain d'une chanson plus que libre.

Sir William entra résolûment, et profita de l'attention que la foule prêtait à la chanteuse pour chercher le docteur.

Paolino ne s'était pas trompé.

Trifone était assis à une table, en face d'une sorte de colosse noir, qu'à son costume et à ses mains sir William reconnut pour être un mécanicien de la marine anglaise.

Une bouteille cerclée de jonc, deux gobelets et des cartes étaient posés sur la table. Une courte pipe de terre rouge fumait entre les lèvres du docteur qui semblait étudier, avec l'attention d'un *chevalier du lansquenet*, le jeu que venait de lui servir son partenaire.

Les deux joueurs annonçaient leurs cartes en anglais. . . . .

Sir William levait déjà un doigt pour toucher l'épaule de Trifone, lorsqu'une réflexion subite l'arrêta. Il prit dans son carnet une carte de visite au bas de laquelle il écrivit quelques lignes, et il attendit tranquillement pour agir que la partie fût terminée.

Le mécanicien venait de perdre une trentaine de cavalli, que le docteur empochait avec une satisfaction véritable, lorsque la carte du gentleman tomba sur la table. Le docteur la prit délicatement entre le pouce et l'index, et l'approcha de la chandelle pour la lire plus à son aise : quand il eut terminé, une grimace de mauvaise humeur contracta les muscles de son visage et ses lèvres grommelèrent un juron étouffé.

— Sir William Webster! dit-il en s'adressant au jeune homme.

Le gentleman s'inclina sans répondre autrement.

Trifone arrêta sur lui un regard curieux; un sourire railleur releva l'angle gauche de sa bouche, et, frappant du poing sur la table :

— Un gobelet propre, Matta!

Une maritorne en jupon court posa sur la table le gobelet demandé.

Trifone le remplit jusqu'au bord de vin de

Romagne, et le présentant à sir William :

— Votre Honneur voudra bien accepter le vin de l'hospitalité, dit-il en observant la contenance du gentleman.

Sir William comprit sa pensée, et dissimulant adroitement ce que sa fierté avait à souffrir de cette familiarité, il prit le gobelet et le vida d'un seul trait.

— Merci, dit le docteur dont le visage s'éclaira d'un sourire de triomphe.

— Maintenant, reprit sir William, veuillez écouter votre hôte, docteur.

Trifone se rapprocha du jeune homme.

— Vous devez avoir des choses graves à me dire, monsieur, pour être venu me chercher ce soir à la porta Capuana ; et maintenant, je ne pense pas que vous teniez à ce que ces choses se disent à l'osteria Bambinelli.

— Vous dites vrai, docteur, fit William en souriant.

Trifone prit sur un banc son chapeau galonné et son manteau écarlate, et passant son bras sous celui du gentleman, il l'entraîna au dehors.

III

Une profession de foi.

—

Dix minutes après, les deux hommes entraient dans une jolie maison de la Piazza Reale, et Trifone introduisait son client dans un magnifique cabinet de travail, tout tendu en tapisseries de Beauvais et meublé en ébène sculpté.

— Où sommes-nous donc? demanda sir William, en regardant autour de lui avec un étonnement naïf.

— Vous êtes chez moi, dit Trifone, et vous

pouvez parler en toute assurance; personne ne viendra nous déranger.

William prit le siége que lui offrait le docteur et reprit avec un légère hésitation :

— Vous avez reçu aujourd'hui une lettre de lady Jane Stanley?

— Oui, monsieur; lady Stanley m'a prié de passer demain à midi à l'hôtel Vittoria.

— Vous rendrez-vous à cette invitation, docteur?

— Certainement, fit Trifone surpris ; je n'ai aucun motif pour refuser les soins qu'elle réclame de moi.

— Tenez, monsieur, continua sir William, je veux vous parler franchement : je ne vous dirai pas que j'ai une entière confiance dans votre talent comme médecin, mais je crois sincèrement que vous n'êtes pas un homme ordinaire et que votre esprit et votre cœur sont au-dessus du personnage que vous jouez.

« Depuis trois ans, c'est-à-dire depuis l'époque de son veuvage, lady Stanley est frappée de l'idée qu'elle a une maladie de cœur mortelle, et cette pensée, inspirée par quelques douleurs passagères, douleurs purement névralgiques, mine sourdement son existence. Vous connaissez assez bien, je n'en doute pas, notre caractère national, souvent excentrique et bizarre, pour comprendre les conséquences de cette triste monomanie.

« Après avoir pris les premiers médecins de Londres, lady Stanley est allée en France et en Allemagne pour consulter les plus illustres praticiens; les uns l'ont traitée pour un anévrisme, les autres pour une hypertrophie ou une péricardite : tous se sont trompés, mais tous lui ont ordonné un traitement différent, de sorte que cette organisation si vigoureuse et si forte s'est altérée peu à peu et que les symptômes les plus alarmants se sont déclarés depuis quelque temps.

« Je vous le répète, docteur, lady Stanley n'a que la maladie de la peur, un mal terrible, il est vrai, et c'est ce dont il faut la guérir à tout prix.

— Mais, fit Trifone avec un calme parfait, qui vous dit que lady Stanley ne soit pas réellement atteinte d'une affection sérieuse?

Sir William devint extrêmement pâle.

— Qui me le dit ? mais l'assurance des médecins qui ont été appelés.

Trifone arrêta sur le jeune homme un regard si étrangement moqueur, que sir William perdit un peu de son aplomb.

— Est-ce vous qui avez conseillé à lady Stanley de s'adresser à moi?

— Non, répliqua-t-il hardiment : c'est une amie que lady Jane a rencontrée à Florence, qui l'a engagée à venir à Naples vous demander une consultation.

— Enfin, quel service attendez-vous de moi? Car je ne saurais vous comprendre.

— Lady Stanley paraît avoir une extrême confiance dans votre talent, docteur : je suis persuadé que si vous lui affirmez que le malaise qu'elle éprouve n'a rien de dangereux, elle se rétablira promptement.

— Lady Stanley a-t-elle des enfants?

— Oui, une petite fille pour laquelle elle a une véritable adoration.

— Et, continua Trifone, c'est là toute sa famille?

— Oui, docteur.

— Si je vous interroge ainsi, ce n'est pas sans raison sérieuse : on cache le plus souvent à un parent la situation réelle d'un malade aimé; mais on met plus de franchise avec un étranger. Les médecins vous ont dit déjà leur opinion sur la situation de lady Stanley; je vous dirai la mienne, et vous connaîtrez la réalité, heureuse ou triste.

William se leva.

— Heureuse ou triste, reprit-il d'une voix mal assurée.

— Je vous l'affirme.

— Mais lady Stanley l'ignorera toujours, n'est-ce pas?

— Oui, dit Trifone; et prenant sur la cheminée un stéthoscope de cèdre : Tenez, monsieur, à l'aide de ce petit instrument, nous lisons parfois au travers du corps humain aussi clairement que dans le livre de la vie. Mais que nous ayons vu l'empreinte certaine de la mort ou les ressources de la jeunesse et de la vitalité, notre visage reste toujours souriant et impénétrable.

« J'espère, continua-t-il, que vos suppositions sont justes et que lady Stanley n'est malade que de l'imagination; une terrible maladie, comme le disait Votre Honneur, mais dont on guérit. Lady Stanley est jeune sans doute?

— Elle a vingt-deux ans.

— Eh bien ; elle peut songer à se remarier, continua Trifone en observant le gentleman, et je serais peut-être le premier à le lui conseiller, si un marchand de vulnéraire pouvait donner un conseil à une grande dame.

— Oh! pas de fausse modestie, docteur, dit vivement sir William; je puis vous répondre d'avance de toute l'indulgence de lady Stanley.

— J'en aurai sans doute grand besoin.

— Ainsi, vous viendrez demain à l'hôtel Vittoria?

— Vous pouvez y compter, continua Trifone en commençant à décharger ses poches de la recette de la journée et en empilant sur une table les ducats, les grani et les carlins.

Et comme sir William le regardait faire en souriant :

— Avouez, sir Willlam, que je suis pour vous un personnage étrange, et que tout ce que vous voyez vous jette dans une véritable stupéfaction. Que voulez-vous! ma vie est de toutes pièces comme le manteau d'arlequin; c'est une anomalie, une contradiction perpétuelle dont je ne me rends pas toujours bien compte moi-même.

— Ah ! vous êtes amateur de tableaux, docteur? reprit sir William en se penchant pour regarder une petite toile accrochée contre la muraille.

— Oh ! très-modeste, Votre Honneur ; seulement, je crois n'avoir que de bonnes choses.

— Mais vous possédez là un magnifique Lantara, docteur.

— Oui, dit Trifone en regardant le tableau avec complaisance, c'est une de ses meilleures toiles... C'est bien là le ton bleuâtre et argenté des belles nuits d'Espagne.

— Vous avez été en Espagne, docteur?

— Oh, j'ai été un peu partout. Tenez, j'ai encore une ébauche de Zurbaran assez vigoureuse, et un Bacchus d'Alonzo Cano d'une richesse de coloris vraiment extraordinaire.

Tout en parlant, Trifone prenait un des candélabres de la cheminée et mettait en lumière deux véritables chefs-d'œuvre.

— C'est merveilleux! s'écria William enthousiasmé.

Le docteur ne fit semblant de s'apercevoir de l'étonnement de son hôte, et continuant ses fonctions de cicerone, il montra au jeune homme un

Annibal Carrache, un Guido Reni, deux ébauches de Paul Véronèse, et une douzaine de petites toiles signées Mieris, Swanwelt, Berghem et Ruysdael.

Il y avait là, dans ce cabinet de travail, pour quatre-vingt à cent mille ducats de chefs-d'œuvre; sans compter les bronzes antiques, les camées, les mosaïques et les émaux qui surchargeaient les tablettes d'une grande armoire vitrée.

Ce n'était plus de l'étonnement qu'éprouvait sir William, c'était de la stupéfaction; et lorsqu'il prit congé du docteur, ce dernier remarqua que l'exhibition de ces merveilles avait notablement augmenté la considération de son hôte.

—L'humanité! l'humanité! murmura Trifone quand il fut seul. J'aurais sauvé dix créatures humaines, j'aurais, comme Lazare, ressuscité des morts, que tout cela ne me poserait pas dans l'esprit de cet homme comme viennent de le faire ces sublimes inutilités, que le premier sot venu peut acheter demain!

» Ah! pauvres grands hommes, quelle singulière figure vous feriez si vous saviez que votre nom sert de réclame à un charlatan, à un homme qui porte un habit écarlate et une perruque de crin !

» Dans votre orgueil insensé, vous pensiez être quelque chose, parce qu'un empereur ramassait votre pinceau, ou qu'un pape venait s'asseoir dans votre atelier, et vous vous imaginiez que cette copie servile de la nature, que cette lutte contre la matière inerte vous élevait jusqu'à Dieu.

» Ah ! ah ! les plaisants drôles, ma foi ! et comme ils seront triomphants le grand jour où ils défileront avec leurs toiles craquelées et grimaçantes dans le monde des âmes !

» Avec ce morceau d'acier, Trifone a plus fait que vous tous, le jour où il s'est fait pour la première fois l'ouvrier de la vie. Mes chefs-d'œuvre, à moi, ce sont ces êtres que j'ai arrachés palpitants à la tombe ; c'est contre la mort, contre le néant que je lutte, que je combats ; mes joies, mon orgueil, c'est le bonheur de la mère qui réchauffe au soleil son enfant convalescent ; c'est encore cette espérance qui rayonne sur le visage du chef de famille qui renaît à l'existence, au bonheur, au travail ; c'est la reconnaissance et l'amour des bons, c'est le Créateur dont je me rapproche en travaillant à son œuvre suprême. »

Tirant alors sa pipe de terre rouge, Trifone la bourra avec soin et se coucha sur un lit de repos qui avait avait appartenu à Marie-Thérèse d'Autriche.

La profession de foi du docteur valait bien une prière ; c'était dans le livre de la vie qu'il avait appris à croire.

IV

La consultation.

—

Miss Lucy Stanley dormait la tête appuyée sur les genoux de sa mère lorsque l'intendant de la jeune veuve entra dans le salon.

D'un signe, lady Jane l'avertit de parler bas pour ne pas réveiller l'enfant.

—Milady a des ordres à me donner? dit-il en remettant une lettre à sa maîtresse.

— Oui; le docteur Trifone ne peut tarder à arriver: vous le ferez entrer dans ce salon et vous veillerez à ce que personne ne nous dérange.

L'intendant s'inclina et sortit.

Lady Jane n'eut qu'à jeter les yeux sur l'enveloppe pour savoir de qui était la lettre dont elle brisait le cachet.

Sir William Webster annonçait à lady Stanley qu'il allait partir pour Malte, où se trouvait alors le 39e regiment, dans lequel il avait obtenu le grade de lieutenant.

Lady Jane relut plusieurs fois ce billet, et son doux visage s'altérant peu à peu, deux larmes silencieuses roulèrent sur le papier.

— Pauvre William, dit-elle avec un soupir de regret; lui aussi, il souffre, et son amour a été plus fort que son dévouement et sa résignation. Ah! qu'il parte, cela vaut mieux pour tous les deux, car je ne puis rien lui dire... rien.

Et lady Jane laissa retomber avec découragement sa jolie tête blonde sur sa poitrine.

En ce moment, un gémissement s'échappa des lèvres de l'enfant, dont le sommeil devenait inquiet et oppressé : un frémissement nerveux fit tressaillir la jeune femme; elle appuya une main sur le cœur de Lucy pour en compter les pulsations, et ses yeux dilatés par la terreur s'attachèrent sur elle avec une effrayante fixité. Son attention était alors si complète, qu'elle n'entendit pas le domestique annoncer le docteur.

Trifone congédia lui-même le valet, et observa sans bouger de sa place le tableau qu'il avait devant lui.

— Ah ! c'est vous, docteur, dit enfin lady Jane en sortant tout à coup de l'extase où elle était plongée.

— Oui, milady, dit Trifone en s'inclinant.

Lady Jane indiqua au docteur un fauteuil qu'il roula auprès de la causeuse.

— Vous avez vu sir William, je le sais, dit-elle.

— Oui, fit Trifone, qui ne croyait pas devoir mentir en présence d'une affirmation aussi positive.

— Alors vous savez de quelle maladie je suis atteinte.

— Je sais que c'est d'une affection du cœur que vous souffrez.

Il y eut un silence après la réponse du docteur.

— Avez-vous jamais entendu parler du docteur Scamp? reprit lady Stanley.

— Oui, dit Trifone; c'était un des plus illustres praticiens d'Angleterre, un savant modeste et laborieux qui a laissé d'impérissables travaux.

— Ainsi, continua lady Jane en dévorant Trifone du regard, vous auriez eu une confiance illimitée dans l'opinion du docteur Scamp.

— Son expérience et son jugement devaient faire loi.

— C'est bien, dit lady Jane en souriant tristement ; comme vous, j'ai eu foi dans l'opinion de ce grand médecin ; et maintenant, docteur, écoutez une histoire qui pourra vous servir pour l'avenir.

» Il y a trois ans, sir Lionel Stanley me conduisit chez un de ses oncles qui possède un château dans le Cumberland ; cette oncle avait été, dans sa jeunesse, un des plus habiles chirurgiens de la marine royale ; lié depuis trente ans avec le docteur Scamp, notre parent avait décidé son ami à venir passer tous les ans quinze jours auprès de lui.

» Le hasard voulut que nous arrivassions à l'époque où le docteur se trouvait au château.

» Un soir, sir Lionel désira faire avec moi une promenade à cheval dans la campagne ; mais au moment de partir j'éprouvai de si violentes palpitations que je dus renoncer à ce plaisir. Sir Lionel partit seul.

» Mon oncle, que je n'avais pas voulu inquiéter, me croyait absente du château.

» Plus calme après une heure de repos, je quittai ma chambre pour aller le retrouver.

» Le docteur et lui faisaient chaque soir leur partie d'échecs dans un petit salon du rez-de-chaussée.

» Je traversai en hésitant et dans l'obscurité la salle de billard qui ouvrait sur cette pièce.

» Une simple portière de soie me séparait des deux amis que j'entendais causer à voix basse : j'allais entrer, lorsque l'on prononça le nom de ma chère petite Lucy ; un irrésistible mouvement de curiosité m'arrêta.

» J'ai entendu dire souvent que l'on tombait foudroyé par une émotion au-dessus des forces humaines et que la terreur pouvait faire blanchir nos cheveux en quelques minutes.

» Je suis encore à me demander comment je ne suis pas morte ce soir-là de désespoir.

» Mon oncle venait de détailler, en termes techniques, tous les symptômes que j'éprouvais, et il interrogeait son ami avec une indécision si douloureuse que sa voix tremblait, lorsque le docteur Scamp lui dit ces paroles qui sont restées gravées dans ma mémoire en lettres de feu :

» — Vous connaissez aussi bien que moi, mon » ami, la situation de lady Stanley et le peu » d'espoir qui nous reste; la maladie a pris » depuis un an un caractère tellement grave, que » notre science ne peut que la soulager sans la » guérir. Ce n'est plus aujourd'hui qu'une » question de temps. Ce que vous ignorez, mon » pauvre Guillaume, c'est que cette affection » devait être héréditaire; la petite Lucy est déjà » frappée non pas mortellement comme sa mère, » mais elle est si faible et si chétive, que le trai- » tement serait aussi dangereux que la maladie » même.

» Ce n'est le plus souvent qu'après de nombreux » essais que nous arrivons à trouver le médica- » ment salutaire à telle ou telle nature; or, je » vous le répète, mon bon Guillaume, la petite » Lucie est tellement chétive et nerveuse, que » j'hésiterais à employer avec elle les substances » les plus actives en pareil cas... Il faudrait » arriver pour ainsi dire du premier coup à » trouver un remède victorieux, en expérimen- » tant longtemps sur une nature identiquement » semblable. Ah! si l'on pouvait obtenir ce » résultat, je ne doute pas que l'enfant ne soit » sauvé. »

» Vous dire ce qui se passa en moi lorsque j'entendis cette horrible révélation, je ne saurais trouver des mots et des phrases pour vous l'exprimer ; c'est en me traînant sur les genoux, en m'accrochant aux meubles, et en dévorant mes sanglots que je parvins à regagner mon appartement, où je tombai évanouie.

» Quand je repris connaissance, mon mari et mon oncle étaient près de moi. Je m'efforçai de leur sourire pour détourner leurs soupçons ; ils ignorèrent toujours ce qui s'était passé dans cette lugubre nuit.

» Le lendemain, nous partîmes pour Londres, et huit jours après notre arrivée, mon mari mourait des suites d'une chute de cheval.

— Pauvre femme... pauvre lady Stanley! murmura Trifone avec une émotion véritable.

— La mort avait touché de son doigt la porte de notre maison... Ma chère petite fille venait de perdre son seul appui, sa dernière affection dans le monde, car je ne comptais pas, moi dont l'existence éphémère pouvait se briser en quelques heures... ce n'était plus qu'une question de temps.

» Mais j'étais libre ; j'étais riche, une pensée soudaine vint ranimer mes forces et mon courage. Le docteur avait dit que pour sauver ma fille il fallait étudier sur une autre l'effet des médicaments que l'on devait employer plus tard pour elle-même; quel autre que moi, sa mère, pouvait mieux remplir ce saint devoir?

— Ainsi, dit Trifone en regardant lady Jane avec bonté, c'est pour sauver votre enfant que depuis trois ans vous courez par toute l'Europe pour consulter les plus célèbres médecins?

— Oui, dit-elle avec une énergie singulière, pour mon enfant, rien que pour mon enfant que je veux sauver.

— Et le monde ignore le secret de votre existence?

— Le monde me considère comme une excentrique ou une égoïste que la peur de la mort à rendue follement prodigue.

— Sir William lui-même ne connaît pas la réalité?

Les joues de la jeune femme se colorèrent légèrement à cette question.

— Sir William doit toujours l'ignorer, dit-elle en baissant les yeux.

Trifone se leva, et arrêtant sur lady Jane un regard affectueux et pénétré :

— Vous m'avez parlé comme à un ami, milady, je serai digne de l'honneur que vous m'avez fait;

mais avant de rien tenter, permettez-moi de poser mes conditions.

— Parlez, monsieur, si élevés que soient les honoraires que vous exigerez...

— Vous ne me comprenez pas, milady, interrompit Trifone avec dignité ; les conditions dont je veux vous parler ne sont pas de cette nature... Ce que je veux, c'est votre confiance absolue, c'est le reflet de toutes les sensations de votre âme. Ce que je veux encore, c'est votre amitié et votre estime.

» Oh ! je sais que je dois vous paraître d'une inconvenance rare en vous parlant ainsi, et qu'il est bien difficile, quand on se nomme lady Stanley, de rompre avec tous les préjugés de la naissance et de la fortune pour tendre la main à un homme qui fait la parade sur la place publique. Que voulez-vous, milady! chacun a son orgueil et sa fierté ; or, comme je tiens à vous sauver, vous et votre enfant, je prends le système qui me semble le meilleur pour arriver au but que je dois, que je veux atteindre.

» Je ne sais pas pour combien de temps je vous imposerai cette étrange convention ; mais ce que je puis vous jurer, c'est que tout ce qu'une créature humaine peut dépenser en dévouement et en intelligence, je le dépenserai pour vous, milady.

— J'accepte, docteur, et si vous réussissez pour mon enfant, je ne serai pas ingrate envers vous.

— Quelle jolie petite fille ! murmura doucement le docteur en se penchant sur l'enfant qui dormait toujours.

Lady Jane appuya son mouchoir sur sa bouche pour étouffer un sanglot.

— Allons, allons, du courage, milady, reprit Trifone avec bonté, en se mettant à genoux sur le tapis pour appuyer l'oreille sur le cœur de Lucy.

— Eh bien ! docteur ! demanda lady Jane après un assez long silence.

Trifone se releva lentement et réfléchit une minute... un siècle pour la malheureuse mère.

— Je n'entends rien de bien grave, dit-il d'une voix posée; mais j'ai besoin d'observer avec plus de soin : j'attendrai son réveil.

— Lucy, ma belle petite, murmura lady Stanley en appuyant ses lèvres sur le front de l'enfant, réveille-toi.

— Non, non, dit le docteur d'un ton de doux reproche, j'ai tout le temps d'attendre.

Mais la recommandation du docteur devenait

inutile , car miss Lucy ouvrait les yeux et souriait à sa mère.

— Ah ! mère, le docteur Punch, fit-elle en désignant le docteur.

— Pardon, dit Trifone en riant, le docteur *Pulcinella* : nous sommes en Italie, mon enfant.

Lucy se laissa glisser à terre et alla se poser bien en face de lui, le regardant avec un petit sourire fin.

—Allons, fit-elle, amuse-moi comme hier à la Piazza Reale.

— Je veux bien, dit Trifone en l'asseyant sur ses genoux et en lui grimaçant trois ou quatre lazzis en voix de ventriloque.

Miss Lucy se mit à éclater de rire.

—A présent, continua Trifone en la deposant à terre, jouons.

— Oui, répéta l'enfant, jouons.

Trifone prit une orange dans une corbeille et la fit rouler sur le tapis.

Miss Lucy courut après cette balle improvisée, et ce jeu continuant pendant quelques minutes, elle ne tarda pas à revenir s'appuyer sur les genoux de Trifone, haletante de fatigue.

— Dégrafez le haut de sa robe, milady, dit

Trifone à mi-voix; je jugerai encore mieux de l'intensité des pulsations.

Lady Stanley mit à nu la poitrine étroite et anguleuse de l'enfant.

Trifone écouta de nouveau les battements du cœur; il tira ensuite une petite planchette d'ivoire de la poche de son habit, pour ausculter tout le côté gauche de la petite malade. Cette fois, le docteur alla au-devant de la question que lady Stanley allait lui adresser.

— Je sauverai cette enfant, dit-il avec un tel accent de conviction, qu'un rayon de bonheur et de joie passa comme un éclair dans les yeux de la jeune mère. Je la sauverai si vous me laissez maître absolu de son existence.

— Oui! oui! s'écria lady Jane, faites tout ce que le ciel... Mais se reprenant aussitôt : Tout ce que votre génie vous inspirera.

— Pourquoi vous reprendre? Vous disiez mieux tout à l'heure, milady, fit-il avec bonhomie. Maintenant que j'ai vu tout ce que je voulais voir, oubliez Trifone l'empirique, le charlatan de la Piazza Reale, et faites préparer une chambre pour votre médecin, pour votre ami, le docteur Karl Miezer.

— Merci, dit lady Stanley en lui tendant la

main. Et après une pause : N'est-ce pas que vous me direz combien de temps encore je puis être heureuse?

— Oui, dit Trifone en reprenant son chapeau, je vous le dirai, quand sir William m'aura dit combien de temps il vous aimera.

V

La marionnette.

Six mois s'étaient écoulés depuis le jour où lady Stanley avait fait au docteur cette terrible confidence.

Six mois pendant lesquels Trifone n'avait pas reparu une seule fois sur les tréteaux de la Piazza Reale.

Habillé de noir et cravaté de blanc, comme un intendant de bonne maison, le *dottore* s'était dévoué tout entier à sa petite malade, qu'il ne quittait pour ainsi dire plus, car lady Jane avait mis à sa disposition une des plus belles chambres de l'hôtel.

Or, Trifone avait eu raison de demander à la jeune mère une complète liberté d'action : le traitement qu'il avait choisi était bien fait pour épouvanter les plus braves.

Le docteur soignait l'enfant d'après la méthode du célèbre Valsalva, de l'école de Bologne, méthode qui consiste à affaiblir progressivement le malade par la saignée, la diète et le repos le plus absolu, pour le ramener peu à peu à l'état normal, en lui faisant remonter l'échelle qu'il a d'abord descendue.

Bien peu ont le courage de suivre une semblable voie, et le système créé par Valsalva n'est resté, pour ainsi dire, qu'à l'état d'expérience curieuse.

C'était cependant ce traitement que Trifone employait, avec une incroyable patience et des résultats surprenants. Lucy venait d'entrer dans la période ascendante; le cœur avait repris son volume ordinaire; ce n'était plus qu'une affaire de temps pour que son rétablissement fût complet.

Quant à lady Stanley, c'était presque uniquement sur les phénomènes extérieurs que Trifone comptait pour la sauver. Il consolait et ranimait l'âme, pour arriver ensuite à la chose matérielle. On comprendra que sir William devait jouer un rôle très-important dans cette question.

Cet excellent docteur manœuvrait avec une si grande habileté, un tel dévouement, que ces natures si nobles, si fières et si pures dans leur amour, avaient fini par en faire le confident intime de leurs douleurs et de leurs espérances.

C'était lui qui, avec sa franchise brutale, les forçait à avouer des sentiments dont ils rougissaient bien un peu devant un tiers, mais qui faisaient aussi rayonner la joie sur leurs visages.

Un matin, sir William entra dans la chambre de Trifone.

— Mon ami, mon cher Trifone, dit-il en se jetant dans ses bras, lady Stanley vient de m'avouer enfin son secret; la maladie de son enfant était le seul obstacle à notre bonheur.

Le docteur regarda le jeune homme avec une douce compassion.

— Alors elle consent à accepter votre nom? dit-il.

— Oui, reprit William radieux, dans huit jours elle sera ma femme.

— Je savais bien que j'en arriverais là, dit

Trifone en soupirant, et puisque lady Stanley vous a tout dit, écoutez-moi à votre tour, sir William. Lady Stanley s'est sacrifiée pour son enfant : les expériences qu'elle a faites sur elle-même ont aggravé sa position ; ce n'est plus, pour ainsi dire, que par l'âme qu'elle existe : le bonheur peut vous la conserver pendant de longues années, un chagrin profond la tuerait en une seconde.

Et comme le jeune homme le regardait avec étonnement :

— Oui, sir William, l'amour sera sa vie : tâchez de l'aimer toujours.

— Oh ! dit sir William en lui serrant la main, elle vivra, je vous le jure.

Huit jours après cette conversation, lady Jane Webster assistait avec son mari aux débuts de la Nina, dans le ballet de *Giselle*.

A leur retour du théâtre, ils trouvèrent le docteur faisant gravement une partie de whist avec miss Lucy qui tombait de sommeil.

— Connaissez-vous la Nina, docteur? dit étourdiment sir William en aidant sa femme à se débarrasser de sa pelisse. C'est bien la plus jolie danseuse de toute l'Italie.

— Ah ! fit le docteur, dont le visage s'altéra profondément.

— Vous ne la connaissez pas? demanda à son tour lady Jane.

— Non, dit-il brusquement.

— Eh bien, reprit sir William, si jamais elle tombe malade, tâchez d'être appelé auprès d'elle, c'est une connaissance précieuse.

— Vraiment, dit Trifone en laissant échapper un éclat de rire sauvage qui fit tressaillir lady Jane.

— Mais qu'avez-vous donc, mon ami? reprit sir William en le voyant chanceler sur ses pieds.

— Rien, je vous assure... Vous disiez, je crois, sir William, que cette femme était fort belle?

— Oh! reprit-il, comprenant que son admiration avait été un peu trop expansive pour un marié de la veille, je vous ai parlé de cette créature comme je l'aurais fait d'un cheval de race ou d'un champion célèbre, voilà tout.

— Eh bien! s'écria Trifone en serrant les poings avec rage, si j'ai quelque droit à votre reconnaissance, ne me parlez jamais de ces filles-là, ne me dites plus qu'elles sont belles... Je ne veux pas savoir qu'il en existe encore dans le monde.

— Mon ami..., dit lady Jane en s'avançant.

— Laissez-moi, laissez-moi..., gronda sourdement Trifone en se laissant retomber sur un fauteuil et en cachant son visage entre ses mains.

— Maladroit que je suis, dit le jeune homme avec regret, je lui ai brisé le cœur en lui rappelant un souvenir douloureux.

— Venez, William, murmura doucement lady Jane en entraînant son mari, votre présence ne ferait que l'irriter davantage; je reviendrai dans un instant et je saurai tout réparer.

— Soit, fit-il, nous lui devons bien cela après ce qu'il a fait pour nous; mais ce n'en est pas moins un étrange original que ce brave Trifone.

— C'est un malheureux qui a souffert, dit-elle avec bonté.

Le docteur resta seul.

Une heure après, comme lady Webster allait rentrer dans le salon, elle entendit des cris inarticulés et le bruit d'une lutte.

L'intendant parut sur le seuil de la porte un flambeau à la main.

— Mon Dieu! que se passe-t-il donc, Perkins? dit-elle en l'arrêtant par le bras.

— N'entrez pas, milady, n'entrez pas! fit le

vieux serviteur en s'efforçant de lui barrer le passage.

— Mais je veux savoir...

— Eh bien, le docteur a demandé une bouteille de rhum à Tom, il s'est grisé, et comme il a l'ivresse méchante, nous avons été obligés de lui lier les pieds et les mains.

— Ah! le malheureux! s'écria lady Webster avec chagrin.

— Délivrez-le, dit sir William avec autorité, et contentez-vous de le surveiller; qu'il casse, qu'il brise tout si bon lui semble, mais qu'il soit libre à l'instant. Je ne veux pas que l'homme à qui je dois le bonheur soit traité chez moi comme un misérable.

. . . .

Un double panache de fumée et de vapeur couronnait les cheminées de *la Princesse de Galles*, en charge pour Brighton : les matelots arrimaient à la hâte les derniers colis des passagers retardataires, lorsque sir William et Trifone descendirent dans la cabine, où lady Jane s'était retirée avec sa fille.

— Nous avons encore une heure à nous, dit sir William en s'adressant à sa femme; le docteur a voulu vous serrer une dernière fois la main.

— C'est une bonne pensée, dit la jeune femme avec élan, et cela me donne confiance dans la bonne promesse qu'il nous a faite de venir nous voir à Londres.

— Dans deux mois, dit Trifone en souriant, jour pour jour, je prendrai passage sur *la Princesse de Galles*.

— Qu'est-ce que tu as là dans ta poche? s'écria en ce moment l'enfant en tirant un objet soigneusement enveloppé qui sortait de la poche du docteur.

— Ça, dit Trifone en appuyant ses lèvres sur la blonde chevelure, c'est un docteur Trifone que j'ai fait équiper pour ma bonne petite Lucy; c'est un souvenir de Naples, un pulcinella mécanique.

Et, ce disant, le docteur tira de sa poche une petite poupée habillée exactement comme lui, lorsqu'il faisait la parade à la Piazza Reale.

La perruque de crin, le jabot de dentelles, l'habit sang-dragon rechampi d'or, et jusqu'aux rouleaux de *bol de Palestine*, tout était d'une exactitude merveilleuse.

La tête elle-même, modelée en cire, affectait une certaine ressemblance grotesque avec le docteur.

C'était un joujou merveilleux, digne d'une boîte de Nuremberg.

— Maintenant, continua Trifone en élevant le pantin de la main gauche pour prendre de la droite les fils qui lui donnaient le mouvement, maintenant Trifone va vous raconter son histoire; que les grands et les petits prêtent l'oreille.

» Si la chanson est triste, le refrain n'est guère plus gai.

» Mais d'abord passons à notre personnage cette petite robe noire. Et Trifone enveloppa la poupée dans un fourreau de serge orné d'un rabat.

» Ceci vous représente le docteur Karl Miezer de Gœttingue. Voyez comme il paraît triomphant! (La poupée se mit à gesticuler des bras et des jambes.) Il vient de partager le grand prix de l'Université avec son frère Reynold. Les *Vieilles Maisons* (vieux étudiants) et les *Philistins* (étudiants de première année) les ont portés sur un pavois de feuillage.»

Il y eut un silence de quelques secondes.

Trifone tira un des fils de la poupée, qui baissa la tête avec découragement.

— Le voilà déjà moins gai; Reynold l'a quitté

depuis six mois pour suivre une danseuse d'opéra. Reynold le frère, le bien-aimé du cœur! Allons, Karl, lève tes bras au ciel et mets les poings dans tes yeux. Il faut pleurer : elle te prend l'honneur et l'existence de ce pauvre frère; tes amis te le rapportent un soir les bras pendants et la tête trouée par une balle de pistolet. Il a joué, il a perdu, il a payé avec son sang.

Trifone avait lâché tous les fils du pantin : la marionnette pendait à sa main triste et sans vie, emblème inanimé des souvenirs du docteur. Tout à coup il saisit les cordes, et le bonhomme de tressauter, de remuer les bras, les jambes, la tête comme un homme qui travaille.

— A l'œuvre, à l'œuvre. Il y a là-bas une vieille femme qui attend son pain et ses habits de deuil : il y a là-bas des créanciers qui attendent leur argent et avancent la main pour le prendre. A l'œuvre, Karl, remue, intrigue, sois le serviteur et le plat valet des autres, car tu as besoin de tous : salue, salue mon ami pauvre.

Et la marionnette s'inclinait et se courbait en deux comme si elle allait se briser.

— Mon Dieu, quelle horrible histoire! murmura lady Jane en se serrant contre son mari.

— Hé, hé, hé, hé, reprit Trifone en riant

convulsivement, à bas la robe noire, le vêtement crotté du pédant! Karl a payé les dettes aux créanciers et la vieille femme est allée le dire au frère. A bas la loque légale, en avant chapeau à plumes, habit rouge et grosse caisse; vive Trifone en lettres de six pieds!

Et la marionnette réapparaissait étincelante sous le costume que nous connaissons, et elle dansait, elle sautait avec les plus étranges cabrioles, rendant un son de bois sec.

L'enfant riait aux éclats.

— Hé, hé, continua Trifone en faisant chorus, le bruit est un peu sec, c'est vrai, mais c'est que Trifone n'a plus de cœur, c'est que Trifone aime l'argent, c'est que Trifone tourne au métal. Holà, mes gars, les riches, vous venez à moi maintenant : je ne pleure plus ; c'était triste, j'en conviens : je fais la grimace, ce qui est charmant, et je vous tire la langue, ce qui vaut de l'or. Je vous méprise, donc vous m'estimez ; confiez-moi votre chère santé, je vous guéris; riez et payez, la sébile est entre deux chandelles! Dansez, ducats et sequins ; sautez, pistoles et guinées. Le marbre, le bronze et le porphyre coûtent cher à Gœttingue; c'est pour la tombe de mes chers morts que je fais la quête!

— A terre les visiteurs! cria en ce moment une voix sur le pont du bateau.

William et Jane s'approchèrent du docteur et lui serrèrent la main sans dire un mot; les larmes qui roulaient dans leurs yeux étaient plus éloquentes que des paroles.

— Adieu! toi, adieu! s'écria l'enfant en lui tendant ses petits bras.

Trifone l'embrassa en sanglotant.

— Dans deux mois, n'est-ce pas, mon ami? dit lady Jane.

— N'oubliez pas que vous avez promis, insista sir William.

— Et vous aussi, souvenez-vous, sir William, dit Trifone en désignant lady Webster. Et il s'élança par l'escalier volant qui s'accrochait au rebord du quai.

. . . .

Deux mois après, jour pour jour, le docteur traversait rapidement le Strand au milieu duquel deux ou trois pauvres hères promenaient l'affiche du théâtre de Covent-Garden : on donnait ce soir-là *la Fille de Venise* et le nom de la Nina était écrit en gros caractères rouges sur l'affiche.

Trifone détourna la tête avec dégoût et entra

dans l'hôtel que venait de lui indiquer un policeman.

— Sir William Webster, dit-il en s'adressant à son ancienne connaissance, l'intendant de lady Jane.

— Son Honneur est au club ; mais milady est au salon ; je vais vous annoncer.

— Non, dit Trifone en souriant ; laissez-moi le plaisir de la surprendre.

La petite Lucy jouait dans la salle à manger ; en apercevant le docteur, elle s'élança dans ses bras avec un cri joyeux.

— Viens, viens, dit-elle en le tirant par la manche de son habit, mère est dans la chambre de bon ami.

Trifone suivit l'enfant.

— Tiens, elle dort, mère, dit-elle en montrant lady Jane étendue sans mouvement sur le tapis.

Trifone poussa un cri déchirant et se laissa tomber à genoux pour soulever la tête de la malheureuse femme.

Ses yeux grands ouverts étaient fixes et vitreux ; le corps était roide et froid.

Trifone essaya d'ouvrir la main droite crispée sur le cœur; les doigts de la morte se détendirent sous l'effort qu'il fit, et un papier froissé tomba à terre.

C'était une lettre de la maîtresse de sir William Webster, la Nina, première danseuse au théâtre de Covent-Garden.

FIN.

NOUVELLES PUBLICATIONS

DUMAS. Mémoires (d'Alex.). 20 v.
El Salteador . . . . 3 v.
La comtesse de Charny . 14 v.
Catherine Blum . . . . 2 v.
Isaac Laquedem, parus . 3 v.
Le Pasteur d'Ashbourn . 6 v.

MONTÉPIN. Mademoiselle Lucifer . . . . 2 v.
Un roi de la mode. . . 2 v.
Le club des hirondelles . 3 v.
Un fils de famille. . . 2 v.
Le fil d'Ariane . . . . 2 v.
Le château des Fantômes. 3 v.
Les premières noces . . 2 v.
Le vicomte Raphaël . . 3 v.
Sœur Suzanne . . . . 4 v.

MAURAGE. Madame de Châteaubriant . . . . . 3 v.
La duchesse d'Étampes . 3 v.
Diane de Poitiers. . . 3 v.
La marquise de Rummi . 2 v.

MIRECOURT. Ninon de Lenclos. 6 v.

ULBACH. Suzanne Duchemin 2 v.

PONSON DU TERRAIL. Diane de Lancy . . . . . 2 v.

MÉRY. Une histoire de famille 2 v.

HARRISON AINSWORHT. La chambre étoilée . . . 3 v.

MAZET-LEBÈGUE (Mme). La fille d'honneur . . . 3 v.

J. LEBÈGUE ET ANQUETIL. Monsieur Benoit . . . . 4 v.

MAYNE-REID. Les chasseurs de Chevelures . . . . 4 v.

LAVERGNE. Pauline Butler . 1 v.

C. BERTON. Gaston et Marie. 1 v.

E. GAUDIN. Le capitaine Plouéven . . . . . 2 v.

J. DE SAINT-FÉLIX. Les nuits de Rome . . . . . 2 v.

A. PICHOT. Contes de Charles Dickens . . . . . 1 v.

BAZARD. Aventure en Russie 1 v.

KARR. Les Femmes . . . 1 v.

H. DE KOCK. Les confessions d'une jolie femme . . 2 v.
Les Lorettes vengées . . 2 v.
Minette. . . . . . . 2 v.

P. DE KOCK. Les Étuvistes . 3 v.
Un Monsr très-tourmenté. 2 v.
La Mare d'Auteuil. . . 3 v.

CHAMPFLEURY. Madame d'Aigrizelles . . . . . 1 v.

MAQUET. La belle Gabrielle. 10 v.
Le comte de Lavernie. . 6 v.

SOUVESTRE. Le Chasseur de chamois . . . . . 1 v.
Scènes et récits des Alpes. 1 v.

GONDRECOURT. Prétendants de Catherine. . . . . 4 v.
Le baron la Gazette . . 3 v.
Mademoiselle de Cardonne 2 v.

DESLYS. La dernière grisette 1 v.
La Jarretière rose. . . v.

MURGER. Hélène. . . . . 1 v.
Les buveurs d'eau. . . 1 v.

SAND. La Filleule . . . 3 v.

FOUDRAS. Un drame en famille 3 v.
Le chevalier d'Estagnol. . 6 v.

BERTHET. Garçon de banque. 1 v.
Les plaies de famille . . 2 v.

SUE. Fernand Duplessis 4 v.
Mystères du peuple, paru. 6 v.

CH. REYBAUD (Mme). La dernière Bohémienne . . 2 v.

MEURICE. La famille Aubry. 2 v.

C. BERRU. La conquête d'un Louis. . . . . . . 1 v.

X.-B. SAINTINE. Les trois Reines . . . . . . 2 v.

PAUL FÉVAL. Le champ de bataille . . . . . . 2 v.
Le Tueur des tigres . . 2 v.

COMTESSE DASH. Le Neuf de pique. . . . . . . 7 v.

TOPFFER. Voyage en zig-zag. 3 v.

www.ingramcontent.com/pod-product-compliance
Ingram Content Group UK Ltd.
Pitfield, Milton Keynes, MK11 3LW, UK
UKHW020253250726
13967UKWH00004B/1651